蔵

司馬遼太郎

朝日文庫

本書は、著名作家による競作シリーズ「日本剣客伝」の一作として発表され、
朝日文庫『日本剣客伝・2』に収録されていたものを独立させて、一九九九年
十一月に刊行された朝日文庫『宮本武蔵』の新装版です。

宮本武蔵 ● 目次

宮本武蔵

その生いたち

一

先日、にわかに思いたって、宮本武蔵の故郷へ出かけてみた。
姫路までの車中、たいくつなままに武蔵の筆になる
「枯木鳴鵙図《こぼくめいげき》」
という絵の写真版をながめていたが、やはり天才としかおもえない。みごとな潑墨《はつぼく》で水辺の茂みがえがかれ、枯木の枝が、天にむかってのびている。その先頭に、鵙《もず》がいる。するどくはげしく鳴き、やがて弦《げん》が切れたように鳴きやみ、その瞬間にひろがった天地の枯れはてた静寂《せいじゃく》というものが、この絵ほどみごとに表出されているものはないであろう。

画家としての武蔵は、鳥を好んだらしい。現存している絵にも、鵜《う》、軍鶏《しやも》、鷺《さぎ》、からす、そして右のもずがある。いずれもみごとなもので、武蔵が兵法者《ひようほうしや》でなく画家として生きても美術史上の巨人として十分にのこりえたにちがいなく、現に画家としての武蔵も（その世界では二天《にてん》というかれの号でよばれているが）、美術史の世界で十分な待遇をうけている。

筆者は姫路でのりかえた。この播州《ばんしゆう》（兵庫県）の姫路は筆者の祖父の代までいた土地で、この点、私事ながら他の土地にきたような感じがしない。姫路で出あった土地の知人が、

――どこへゆく。

というから、隣りの岡山県へゆく、と答えた。なにをしにゆく、と問いかさねられたために、

「武蔵の出生地にゆく」

と答えると、武蔵はこの播州の出身ではないか、といわれた。

むろん、播州人の錯覚である。播州は多くの歴史上の知名人を出している。黒田如《くろだじよ》水《すい》、後藤又兵衛、大石内蔵助《おおいしくらのすけ》など、男らしさのなかに一種の美的情感と華やぎをもった一連の共通点の濃い人物を出しているが、武蔵が出た村は、播州との国ざかいには

あっても播州には所属していない。ただ母親が播州人であったという。とすればからだのなかになかば播州の血が入っているかもしれない。

　姫路で、姫新《きしん》線にのりかえた。国鉄の支線で、なお単線である。列車は、北部の山間地方に入ってゆく。

　列車は山間の小盆地をいくつも縫ってすすむが、途中の風景はいわゆる支線的風景で、村々のたたずまいが本線ほどには荒れておらず、古街道の情趣がわずかながらものこっている。

　その街道のおもしろさに興味をもち、途中本竜野《ほんたつの》駅で下車し、駅前でタクシーをひろった。その車で国境の峠を越え、美作《みまさか》盆地に入り、この夜、岡山県津山市に宿をとった。

　まことに幸運な偶然ながら、この津山市で、市主催による展覧会がひらかれていた。「宮本武蔵と吉川英治展」という主題のもので、吉川夫人も、きのう当地にこられていたという。翌日、この展覧会へ出かけ、前記「枯木鳴鵙図」にも接した。旅で知人に出あったようなおどろきをおぼえた。

　そのままこのしずかな城下町を離れ、武蔵の故郷の村へゆくべくむかった。

「武蔵は天才だが、しかし天才が往々にしてもっているいやらしさがある」

と、途中の車のなかで、連れのHさんにいった。そのいやらしさというのはどういうことか、筆者も書きつつ考えねばならないが、いまいえることは、

「もし宮本武蔵というひとがこんにち存生《ぞんしょう》しているとすれば、私はこのように百里を遠しとせずしてかれのもとにたずねてゆくようなことは、決してしない」

ということであった。武蔵の人間と人生が歴史のなかで凝固し、いわば人畜無害になっているこんにちこそ、私は安心してかれの生地へたずねてゆく。

二

武蔵がうまれたのは、

美作《みまさかのくに》国讃甘《さぬも》郷《ごう》宮本村

という在所《ざいしょ》である。岡山県の北東部にあたり、中国山脈のなかの小盆地ながら、村のなかを古街道が通っており、いわば宿場であった。この点、人や文物の往来《ゆきき》はあんがいさかんであったであろう。山間部ながら、時勢に鈍感な村ではあるまい。山ひとつ越えれば播州であり、ことばも作州《さくしゅう》（岡山県）弁というより播州弁にちかい。武蔵

も、播州なまりのつよい作州弁をつかったことであろう。

筆者は、宮本村の野みちをあるきながら、そのことを考えていた。途中、道がわからなくなり、むこうからきたオートバイのひとにきいてみた。そのあと、しばらく立ちばなしをした。

「嫁とり婿とりも、山むこうの兵庫県とすることが多いですよ」

なるほど、三百八十年前にこの村にうまれた武蔵も、母が山むこうの鎌坂峠をこえて播州からきている。

われわれは竹やぶの丘（武蔵の両親の墓のある丘だが）のそばの道――野みちだがむかしの佐用《さよ》街道――をあるきつつ、やがて台地にのぼった。

「いいオートバイですね」

と、私は、この快活な、笑いじわいっぱいで応答してくれる村のひとに、せめてもの愛想をいった。お百姓というより、果樹園経営者といった感じのひとで、その稼業がらのせいかひどく表情があかるい。念のために名前をきかせてもらうと、

「新免《しんめん》です」

「ははあ」

と、私はちょっと、おどろいた。新免とは武蔵のべつの姓である。武蔵は若いころ

この姓をこのみ(後述するが)、新免武蔵と名乗っていた。

「べつに、武蔵とつながりはありませんが」

とわらったが、宮本村はむかしもいまも三十戸程度だから、武蔵とおなじ血がこの新免さんにもむろん入っているであろう。ついでながらいまの宮本村では、新免や平田といった姓が多いらしい。平田というのは、武蔵の生家の姓である。武蔵は本来、

「平田武蔵」

と名乗るべきであったが、語感のこのみから考えて(そうとしかおもえない)名乗らなかった。

「平尾という姓もあります。あそこに、おじいさんがいるでしょう」

と、新免さんは、指さした。ついでながらわれわれはすでに宮本村を見おろす台地にのぼっており、新免さんはこの台地のちょっと横をさしている。畑があり、むぎわら帽をかぶった老人が鍬《くわ》をつかっていた。

「あのひとは、平尾さんです。八十をこえています」

といってから、言いわすれたことをいうような調子で、

「あの平尾泰助さんは、武蔵の姉さんのおぎんさんの子孫ですわ。おぎんさんからかぞえて十五代目になります」

なるほど、宮本村は世間せまく、三十戸の家々はどうやら一族同士のようなすがたであるらしい。

台地を降り、その平尾老人の屋敷のもみほし庭に無断ながら入りこんでみた。家は県の史蹟のようになっており、敷地のなかにあるタラヨウの巨樹は、県の指定天然記念物になっている。

タラヨウというのはどういう字をかくのだろうとおもったが、屋敷に人影がなく、結局帰宅してから百科事典でしらべてみたところ、「多羅葉《たらよう》」とかくらしい。幹が石膏でかためたような、そういう感じのふしぎな樹である。

「樹齢四百年」

というから、武蔵は当然この樹をみたであろう。この姉おぎんの家のすぐそばに武蔵の生家のあとがある。

三

武蔵は、天正《てんしょう》の中期、この在所にうまれている。父は、平田無二斎《ひらたむにさい》という。

ついでながらこのあたり五千石ばかりの土地の首領は、

新免伊賀守《しんめんいがのかみ》

という者であった。その新免家の系列に属する土地の地侍《じざむらい》が、平田将監《しょうげん》という者で、宮本村のそばの竹山という峰に山城をかまえ、村落貴族の姿をとっていた。父無二斎はこの平田将監の血縁で、それに仕えている。しかしながら事故があり、地に居ついたまま牢人《ろうにん》した。こういうのを当時は地下《じげ》牢人といったらしい。

この地下牢人の無二斎が、田舎ずまいながらも武芸者なのである。当時は武芸者のことを、

「芸者《げいしゃ》」

といった。無二斎は刀術《とうじゅつ》だけでなく、槍術《そうじゅつ》や小具足《こぐそく》(組み打ち術)にも長じていたが、これは当時の兵法《ひょうほう》がまだ専門的に細分化せずいわば格闘術一般というものだったから、無二斎はなんでもできたにちがいない。とくに十手術《じってじゅつ》に長じ、これがこの人物の自慢であった。

「壮年のころ、京にのぼって足利《あしかが》将軍義昭《よしあき》公の御前で試合をした」

というのが――真偽はべつとして――不遇のこの田舎兵法者の一代の栄光であった。この試合で将軍の兵法指南吉岡憲法《よしおかけんぼう》(世襲名)と技をあらそい、三本のうち二本をとり、将軍から日下無双《ひのしたむそう》兵術者の号をもらったという。

武蔵は、幼名は弁之助。

おさないころ、この老父から兵法の手ほどきをうけた。以後、武蔵はたれをも師とせずみずから開発しつつ独習したために、無二斎はただひとりの師であった。

「丹治《たんじ》峯均《ほうきん》筆記《ひっき》」

という書物を信ずるとすれば、武蔵は幼童のころ、この父の兵法を嘲弄した。というより、根ほり葉ほりその兵法の動作の原理をきいた。

「なぜそこのところは、そのように右手を跳《は》ねるのだ」

といったふうに小うるさく訊《き》き、ときに無二斎を絶句させた。答えられないばかりか、無二斎にとって自分の兵法をばかにされているようにおもえてきたらしい。

あるとき、無二斎が一室で楊枝《ようじ》をけずっていた。すると弁之助が一間《ひとま》をへだてて立ち、なにか小馬鹿にしたようなことをいった。

その瞬間、無二斎は逆上した。楊枝けずりの小刀《こがたな》を投げたところ、弁之助はかすかに顔をそらした。小刀はするどく飛んで弁之助の背後の柱に突きささった。

ところが、弁之助の顔がなおもわらっている。このことが、無二斎をいよいよ逆上させた。

「わしを、なぶるか」

脇差《わきざし》から小柄《こづか》をぬき、さらに投げた。弁之助は身をかわした。まだ顔が笑っている。ついに無二斎は咆《ほ》え、立ちあがっておどりかかった。弁之助は縁から飛びおり、そのまま播州佐用《さよ》村平福《ひらふく》の生母の実家まで逃げた。

この挿話は武蔵の天才性よりも、無二斎の狂気のほうに興味がある。無二斎は逆上のあまり、その子を殺そうとした。ものしずかな、平衡感覚に富んだ人物ではないであろう。暗い、狂気をおびた人物のようにおもえる。この狂気は武蔵にも遺伝しており、むしろこういう精神体質こそ、武蔵をして生涯その芸をつきつめさせたエネルギーになっていたにちがいない。

武蔵は生涯その実父――子として誇るに足る技芸者でありながら――について語るを好まぬ様子がみえるのは、この父子には憎悪しかなかったのかもしれない。武蔵は父の姓の平田をすらもちいなかった。

無二斎は、家庭をもつにはむりな性格だったのであろう。播州からもらった妻を、武蔵の幼童のころに離別し、他から妻をむかえている。武蔵は右のような性格の父にもあまえるわけにいかず、継母にもおそらくは愛されずにその幼時を送ったらしい。

武蔵は晩年細川家にさし出した自筆の上答書《じょうとうしょ》（履歴書）にも、

「妻子などはない」

と書いているとおり、生涯娶《めと》らず、生涯、婦人をちかづけることもなかった。幼少のころの家庭環境のくらさと、あるいはつながりがあるかもしれない。

しかしながらこの無二斎も、武蔵の少年のころに死ぬ。そのあと、隣家といってもいいほどに近所の姉おぎんの婚家平尾家に身をよせていたようである。「タラヨウ」の樹の家であり、筆者が台地でみたとき、そのひだり手の畑で鍬をうごかしていた八十翁の家であった。

武蔵は、その著「五輪書《ごりんのしよ》」でいう。

「われ、若年のむかしより兵法の道に心をかけ、十三歳にしてはじめて勝負をす。そのあいて、新当流有馬《ありま》喜兵衛《きへえ》といふ兵法者にうち勝ち」

と、その序文（地之巻）にかいている。「五輪書」はかれの六十歳のときの著述で、この当時の日本人としては文章が平明で語意にあいまいさがなく達意を旨としている点、文章感覚の点で二世紀のちのものといっていいわかわかしさがある。

ともあれ、十三歳で有馬喜兵衛という兵法者をうち殺した。

場所は播州だというから、かれが生母の実家に身をよせていたときのことであろう。この当時、僧房にあずけられ、学問の初歩をまなんでいた（この当時、そこそこの家庭の場合その弟子をだんな寺にあずけて修学させるのがふつうであった）。

新当流有馬喜兵衛は、諸国巡歴の兵法つかいである。無名の人物ではなさそうで、この人物と同姓の新当流有馬時貞は、徳川家康がまだ三河《みかわ》にいたころの指南役である。家康は信長や秀吉とちがい、この当時流行しはじめていた兵法を好み、みずから修行し、この時貞について奥儀《おうぎ》を皆伝《かいでん》された。喜兵衛はその一族であろう。

かれは街道の辻に金箔《きんぱく》をはった高札《こうさつ》をたて、

――試合、望み次第にいたすべし。

という旨を公示した。

宮本弁之助はこの高札に墨をぬり、「たしかに自分があす試合をするであろう」という旨のことを書いた。喜兵衛はそれをみつけ、まさか十三歳のこどもとは知らず、弁之助の寺へ受諾の旨を申し入れたところ、師の僧がおどろき、八方陳弁し、

「なにぶん、こどもでござる」

といったが、喜兵衛はきかない。

「たとえこどもとはいえ、試合を中止してはわが名にかかわる」

という。この試合については喜兵衛はすでにほうぼうに触れまわっており、聴きつたえてあすは見物が多くあつまるであろう。その見物衆の手前、かれらの前であやまらせてほしい、というと、師の僧も「ごもっともな。まことにそのように仕《つかまつ》ります

る」と承知した。

当日、弁之助は師の僧にともなわれて竹矢来《たけやらい》のなかに入り、喜兵衛とむかいあった。

「わびよ」

と、師の僧もいい、喜兵衛も目をいからせてわめいたが、弁之助は頭《ず》を高くし、黙《もく》然《ねん》と喜兵衛をにらみすえている。突如、少年は変化した。

手にもった樫《かし》の棒をふりあげるや、喜兵衛にとびかかったのである。喜兵衛は支度のゆとりもなく飛びすさったが、少年が二ノ太刀《たち》を打ちこんできたとき、おどすつもりか真剣を抜いた。

真剣ではかなわぬであろう。が、この少年はうまれつき動物のような狡智《こうち》さ、というより闘争のかんを知っていたのであろう。カラリと棒をなげすてた。

(どうした)

と、喜兵衛も、見物衆もおもった。少年は叫んだ。

「組もう」

というのである。少年が素手《すで》になっている以上、おとなの喜兵衛が真剣をふりかざしているわけにはゆかない。喜兵衛も、その太刀をすてた。

そこが、弁之助のつけめであった。少年はその齢《よわい》に似あわぬ上背《うわぜい》と膂力《りょりょく》があり、しかも人間ともおぼえぬほどの機敏さをそなえている。風のように喜兵衛の手もとにつけ入り、逆落《さかおと》しになげつけた。
喜兵衛は、頭蓋《ずがい》をうち、瞬間ふらりとしたところを弁之助は影のように飛んでさっきの棒をひろい、
ぐわっ
と、その脳天に打ちこんだ。息をあらしめてはならない。息をあらしめては弁之助が殺されるであろう。打って打ってうちまくり、やがて頭蓋をたたきつぶし、白い脳《のう》漿《しょう》がながれ出てもなおやめず、さらに打ちすえ、最後にかがみこんで息を嗅《か》ぎ、息が絶えていることをたしかめてから、自分の試合がおわったことを知った。
このすさまじさは、人ではない。人としての要素よりも、べつななにかにうごかされている。

吉岡兵法所

一

その著「五輪書《ごりんのしょ》」に、

十六歳にして但馬国《たじまのくに》秋山といふ強力《ごうりき》の兵法者《ひょうほうしゃ》に打勝《うちか》つ。
二十一歳にして都へのぼり、
天下の兵法者(吉岡家・筆者註)にあひ、
数度の勝負をけつすといへども、
勝利を得ざるといふ事なし。

とある。十三歳で有馬《ありま》喜兵衛《きへえ》、十六歳で秋山某というのと真剣勝負をしたというのは、信じられぬほどの早熟である。

十七歳で、関ケ原の役《えき》に出陣した。

武蔵が、どういう身分、姿で関ケ原に出陣したかということは、のちの武蔵像ができあがるうえで重要とおもわれるから触れたい。

このとき牢人《ろうにん》であった。

かれの父無二斎《むにさい》はとっくに死んでいる。その後、武蔵は少年の身で村を出奔した。

「武者修行に出る」

といい、家の系図、父がもっていた十手《じって》、素槍《すやり》などを姉おぎんの婚家にあずけて出て行ったという。その後、武蔵は生涯村にかえらず、右の道具もとりにきていない。

村は、武蔵につめたい。

そのようにおもわれる。もともと武蔵の父からして偏狭奇怪な人物であり、かつその壮年のころ上意討《じょういう》ちを命ぜられて人を殺しながらその殺し方がきたなく、同僚からきらわれ、そのため地付きのままに牢人したというような人物であり、村のひとびととも調和よく暮らしていたとはおもわれない。

その父が死んで武蔵は屋敷（塀の四方一町ほどある大屋敷だったという）にとりのこ

りである。

されたが、扶持《ふち》もなく収入の道もないとなればこれ以上住んでいても窮迫が増すばか

そのうえ、少年の身で人を——たとえ兵法勝負とはいえ——殺した。村人はこの少年をけもののように怖れ、近づくことを避けたであろう。

「出て行ってやる」

というのが、武蔵の気持だったにちがいない。かれは生涯、

——自分は播州《ばんしゅう》の武士である。

と生母の故郷を称し、うまれ故郷の作州《さくしゅう》を称しなかったのは、他に事情もあるにせよ、この恩怨《おんえん》の感情の濃い男にとっては故郷を故郷として素直に感じられなかったのであろう。

放浪中、風雲に際会した。

秀吉の死後、豊臣家諸侯はふたつに割れ、たがいに騒乱をおこそうとしていた。

「大坂へのぼろう」

と、十七歳の武蔵は道をいそいだであろう。戦場で功をたて、なろうことなら大名将軍にもなりたかったであろう。喧嘩がつよいとはいえ、たかが数えて十七の子である。

大坂には、宇喜多屋敷がある。城の玉造口のそばにあり、細川屋敷といちらかをならべていた。当主秀家《ひでいえ》は故太閤《たいこう》から少年のころから愛され、豊臣家の養子の待遇をうけ、身は中納言《ちゅうなごん》であり、封禄《ほうろく》は五十七万余石である。

居城は岡山にあり、その領土はほぼいまの岡山県（備前《びぜん》、備中《びっちゅう》、美作《みまさか》）ぜんぶに兵庫県の播州地方がふくまれている。

（宇喜多屋敷にゆけば、たれぞ知人がいるだろう）

と、武蔵が考えたのは当然であった。自分の郷国の大名であった。むろん、宇喜多秀家そのひとは武蔵にとって雲の上のひとである。

秀家のおおぜいの重臣のなかに、新免伊賀守《しんめんいがのかみ》がおり、それが武蔵の亡父の旧主であった。

「新免様の御宿所は、いずかたでございましょう」

と、大坂玉造の宇喜多屋敷の門番あたりにそれをきいた。

「どこそこの寺だ」

と、門番はいったにちがいない。そこへたずねると、故郷の讃甘《さぬも》郷《ごう》からも小者《こもの》として百姓の次男や三男がきており、かれらが武蔵を足軽の組頭《くみがしら》にひきあわせてくれたにちがいない。

「そうか、平田無二斎の子か」

この旧縁が幸いし、荷駄《にだ》をかつげともいわれず、足軽にひきたててもらった。

戦場での足軽のしごとには、鉄砲組、弓組、それに槍組があるが、鉄砲と弓とは多少の技術を要するから、

「槍組にでも入っておれ」

といわれたに相違ない。

武蔵は、関ケ原に出た。

宇喜多勢は、西軍の主力部隊というべきであろう。その戦闘行動は伏見城攻撃をしたあと、大坂でいったん休息し、ついで伊勢路を経て美濃《みの》に入り、大垣で西軍謀主石田《いしだ》三成《みつなり》と合流し、予定戦場の関ケ原に進出した、というものであった。この前後の武蔵の逸話に、

「あれへ飛べるか」

というのがある。武蔵の故郷につたわっている。武蔵はその朋輩《ほうばい》たち――おそらく同郷の連中であろう――と崖《がけ》のうえにいた。見おろすと、篠竹《しのだけ》の切り殺《そ》いだものが無数に植わっている。

「どうだ」

と、武蔵がいった。

「ここからあれへ飛びおりるほどの勇気があるか」

たれもない。

武蔵は、自分が飛びおりるつもりでそれをいった。が、飛びおりる前に、一場《いちじょう》の口説《くぜつ》を吐いた。この口説が武蔵生涯の癖《へき》のひとつであり、おそらくはその求道《ぐどう》的性格から出ているものらしい。

「人間は鳥のように空へは飛べぬが、下へ飛ぼうとおもえば何丈《じょう》の下でも飛びおりられるものだ。事は簡単である」

技能の問題ではなく、勇気の問題だというのである。武蔵は、飛びおりねばならない。飛びおりれば足の裏をあのつるぎのようにするどいそぎ竹がつらぬくであろう。なぜ、このような遊びを思いついたのか。

「見ろ」

と叫んだときは、武蔵は空中にいた。落下した。そぎ竹が、その蹠《あしうら》を突き刺した。やがてはいあがってきて馬糞をひろい、その傷穴へ詰めて歩きだした。

(いやなやつだ)

武蔵の自己顕示欲のつよさを、そのようにおもった者もいたにちがいない。この当時の武者は意識して自分自身の伝説をつくろうとした。伝説はこういう奇行の砕片があつまってできあがるものであり、伝説がその武者を装飾し、ついにはその者を栄達させてゆく。

が、武蔵自身はそのようなつもりでは飛ばなかったであろう。この少年は（かれ自身は大人のつもりだったろうが）、この未曾有《みぞう》の合戦に自分の将来を託していた。

その夢の大きさのわりには、その身分はあまりにもかぼそかった。身分は「陣借りの牢人」であり、しごとは足軽である。たとえ功名をあらわしたところで、あとで正規の足軽にしてもらえるか、御徒士《おかち》になれるか、その程度であろう。一介の足軽のぶんざいから士分《しぶん》になり、侍大将になり、城主になり、国主になり、ついに天下を得た秀吉の生涯は、その死（関ケ原の二年前）とともにすでにおとぎばなしになっていた。

しかしながら、武蔵は不安ながらもそのお伽話《とぎばなし》を信じようとしている。信じようとすればこそこの戦場に出てきた。ところがその分際は牛馬同然の足軽であり、ひそかに自分が考えている自分の勇気、力量に比してあまりにもみじめでありすぎる。その鬱々とした不満が、

――みろ。

と、この崖のむこうへ武蔵を飛ばせたのであろう。

戦場では、足軽のしごとは密集隊形のなかでのことである。正面の敵は、福島正則の隊であった。

双方、鉄砲足軽と弓足軽隊がまず出る。密集で前線へ進み、たがいにその先鋒を射撃で射ち白《しろ》ませ、ついで槍足軽が三間柄《さんげんえ》の雑兵槍《ぞうひょうやり》の穂《ほ》をそろえて出てくる。たがいに足軽同士が槍でたたきあい、突きあいするうちにいずれかが崩れる。その崩れを、士分の騎馬隊が突進して凄愴《せいそう》な本格戦がはじまるのだが、武蔵は足軽の密集のなかにいるため、個人的働きなどはできない。うろうろするうちに午後になり、戦いは武蔵の属する西軍の敗北になった。あとは敗走である。

武蔵は新免家のひとびととともに大坂湾まで逃げ、そこから黒田家の船に乗り、九州へ走った。奇妙なことに黒田家は敵の東軍であった。しかしそれに属した。

そういう例は多い。

たとえば関ケ原が終り、家康が勝ち、家康はさらに近江《おうみ》佐和山《さわやま》城（三成の居城）にむかって進撃を命じたが、どの勝利軍も開戦前よりもずいぶん人数が多かったという。敗軍の士卒が、勝利軍の側に縁故をたよってまぎれこんでしまっていたのである。家康の幕下《ばっか》の者がそれに気づいて家康にいうと、

「古来の風《ふう》だ。やかましくいうな」

と、家康は不問にした。

黒田家では、当主の長政が関ケ原で戦い、

「ご隠居」

といわれた有名な黒田如水《じょすい》が九州で牢人をかきあつめて九州における石田方と戦っており、このほうのいくさはまだつづいていた。武蔵らはそこへ参加しようとした。ついでながら武蔵は、

――播州の武士

と称している。黒田家は播州の発祥《はっしょう》であり、その重臣以下は播州人が多い。その縁故をたよろうとし、九州に上陸し、現にたよったが、ほどなく戦いがおわった。

武蔵は、もとの牢人になった。武家としてせめて侍大将にでもなりたいという夢を捨てざるをえなかった（もっともこの夢は、武蔵のなかに怨念《おんねん》のように生きつづけるが）。

ともあれ、

――兵法者として生きよう。

とおもったのは、このときからであったであろう。野望のつよい男はいつの時代でもそうだが、士大夫《したいふ》として栄達するか、技能者として野で花を咲かせるか、どちらかでしかない。武蔵は、後者をえらんだ。

このあと、数年、諸国を巡歴している。

二

二十一歳。

都にのぼった。

(都で名をあげたい)

というのは、武蔵ならずとも当然の望みであろう。京というのは、噂の集散地であり、ここで評判になれば当然天下にきこえる。

が、多少、京は衰微している。織田・豊臣政権は朝廷を立てることにおいて日本統一をくわだて、京を政治と文化の中心にしたが、関ケ原の勝利であらたに政権を興した家康は江戸を天下の中心にしようとしていた。この時流の影響で、京にはさほどの兵法者もいない。

室町兵法所《むろまちひょうほうどころ》
というものが京にある。これが京における兵法の唯一無二の権威であろう。

「これを倒せば」

と、武蔵はおもった。これを倒せばこれまで無名の青年にすぎぬ武蔵が、一躍世間に取り沙汰される剣客になるにちがいない。

吉岡家は、代々足利《あしかが》将軍家の将軍指南役の家であった。足利将軍家十五代義昭《よしあき》が織田信長に追放されてからほろび、以後、吉岡家もさほど人の注目をうけなくなったのは、織田・豊臣の両政権の主人たちが兵法に関心をもたなかったためであった。信長・秀吉は、この伝統のあたらしい格闘技術の価値をみとめず、むしろ積極的にきらいだったにちがいない。兵法がすきだったのは家康であり、家康が政権をとってから兵法者というものが諸大名に召しかかえられるようになった。

ともあれ、吉岡家は由緒《ゆいしょ》がふるい。代々の当主は「憲法《けんぼう》」という名を世襲し、門人を多数取りたてている一方、別に家業として染めで収入を得ていた。

「憲法染《けんぼうぞめ》」

という。黒染めに格別の秘伝があり、兵法よりもこのほうが繁昌している。

武蔵は、挑戦した。

その挑戦法は使いに手紙をもってゆかせる一方、同様のことを三条大橋のそばに高札《こうさつ》をもって公示するというやりかたであり、これならば吉岡家は体面上、うけて立たざるをえぬであろう。

吉岡家は、京では、

「正直《しょうじき》の憲法」

といわれている。正直を家憲《かけん》とし、直元、直光、直賢《なおかた》、直綱とつづいてきた。当代は清十郎直綱である。

——所司代《しょしだい》にとどけねば。

と、吉岡家では配慮した。勝手な私闘をして京都所司代からにらまれたくないとおもったらしく、板倉伊賀守まで届け出た。所司代ではそれを許したため、事が運んだ。

場所は、洛北の蓮台野《れんだいの》である。

——武蔵とは、どういう男か。

と、吉岡家では調べたであろう。半世紀以上も前に宮本無二斎という者が数代前に憲法と試合をしたというはなしを、門人の古い者が知っていたにちがいない。

「その子なら、十手を使うのではないか」

その程度の話題は出たであろう。

一方、武蔵は、吉岡家が高名だけに、当主清十郎の剣の技倆、癖、性格などはしらべられるだけ調べている。

かつ、あらかじめ工夫を重ねた。右の十手ということであった。

無二斎の十手は、おもに左手で使う。敵が大刀《たいとう》をもって撃ちこんできたとき左の十手で受けとめ、十手の鉤《かぎ》で刀身をはさみ、ねじって敵の自由をうばいつつ、右手の刀で打ち殺してしまう。武蔵はその芸に達していた。

が、十手をこのまず、

(十手を脇差《わきざし》に変えてみたら？)

と、ここ数年、辛苦をかさねた。「二天《にてん》」と、武蔵がのちに号するのはこのかれが創始した二刀流からとったものだが、このころどうにも工夫がつかない。

(左右の手が、別々のいきもののごとくに動かぬか)

ということを、身を煮るような激しさで考えつづけた。人間が一つ脳髄で左右の手を支配している以上、脳髄を二つ持たぬかぎりこれは不可能であろう。が、武蔵はそれを仕遂げようとした。他のすべての兵法は人間能力の練磨、研《と》ぎすましを目標としているとすれば、武蔵のそれは人間の能力を改造しようとしていた。ついに生涯不可能であるかもしれないが、かれは山野に起き伏しつつそれを追いもとめている。

しかしまだ遂げられず、かれは関ケ原後の数年のあいだにやった試合ではすべて一刀であった。

試合は、早暁である。

京の蓮台野は、紙屋川《かみやがわ》の西につらなり、人家はまれで、京の貴族はここで葬儀をおこなうことで知られている。歴朝の皇陵も多く、真昼でも人影はまれであった。

吉岡清十郎はすでに来ている。門人にかこまれ、支度も終えたが、しかし武蔵は来ない。それを待ち、いらだった。いらだてば鋭気が殺《そ》げてゆく。

「あの男は、まだか」

何度か叫び、門人になだめられた。清十郎は萎《な》えてゆく鋭気を保つために型《かた》の一人稽古もした。腰を沈め、空《くう》を撃ち、四方を斬り、八方に進退した。京流（吉岡の兵法をそうよぶ）は古兵法《こひょうほう》のひとつで、しかも京で発展したため型は華やかで、人目をおどろかすためだけの無用の型も多い。

不意に武蔵がきた。

「きたか」

と清十郎が叫んだとき、かれ自身も思わぬことに木刀を捨て、真剣をぬいた。清十郎の動揺のあらわれといっていい。

武蔵は、長目《ながめ》の木刀である。材はこの男の生涯のこのみで枇杷《びわ》であった。

清十郎は京流の作法どおり十間ばかりの間隔をとろうとしたが、武蔵はそのまま（歩き足のまま）ずかずかと踏み入れてくる。木刀を構えず、ダラリと右手にさげたままである。

（どうする気か）

清十郎は、とまどった。こういう流儀ははじめてであった。

やがて武蔵がみぎわ（武蔵の兵法用語。敵のまつげが見えるまでの近さ）までせまったとき、武蔵はちょっと立ちどまり、不意に巨大になった。

武蔵の著「兵法三十五箇条」ではこのことをたけくらぶるという。敵との切所《せっしょ》のとき一瞬丈競《たけくら》べるように、「我身《わがみ》をのばして、敵のたけよりは我《わが》たけ高くなる心」に位取《くらいど》る。位をもって圧《お》することであろう。

居たたまれず、清十郎が先攻した。大剣をうちおろした。

が、武蔵の先《せん》が早かった。木剣を中段へはねあげ、清十郎の初動を制した。

——突キか。

と、清十郎はとっさに備えを変えようとしたことが不覚になった。先を武蔵にとられた。武蔵の木刀は突キとみせてもう変化《へんげ》し、そのまま上段へ舞いあげた——武蔵の二刀流でいう喝当《かっとう》の打《うち》である。喝と突き、突くとみせ、当と打つ。その当の位に舞いあげた木刀がふたたび変化して真っ向から落ちたとき、清十郎の敗北であった。

頭蓋を、激しく撃たれた。が、武蔵は微塵《みじん》に割るまではせず、ツカを締め、打撃のみにとどめ、ただ清十郎を昏倒させた。露のなかに清十郎はうつぶせに倒れた。武蔵はとびのき、しばらく敵の背を見つめていたが、やがて息を吐いた。

「御命、ご無事である。ご介抱なされよ」

それが、武蔵が発した唯一のことばであった。そのあと身を翻《ひるがえ》して消えた。どこに消えどこに住むのか、たれも知らない。

数日して清十郎の弟伝七郎が復讐のために挑し、その三条に高札をかかげた。武蔵は請け、洛外の野で戦い、この場合は敵の意表をついて素手で立ちあった。立ちあうや伝七郎の懐ろへ飛びこみ、左手の拳《こぶし》でその顔をなぐり、右手で（二刀の工夫だが）伝七郎の木刀をうばい、片手でふりあげるや、敵の頭蓋をこなごなにたたき割っている。死なしめたのは、伝七郎の場合は仇討《あだうち》という形式をとってきたからであろう。

一乗寺下り松

一

宮本武蔵の生涯と、そしてその後世への名誉を決定したのは、一乗寺《いちじょうじ》の決闘である。この一戦で、かれの名は天下に喧伝《けんでん》された。

ここで、われわれは考えねばならない。こういう機会にめぐまれたのは、武蔵はよほど幸運なのか、それともその幸運が自然にやってきたものではなく、かれ自身が、苦心惨憺《さんたん》してまねきよせたものか。

とにかく、偶然ではない。

吉岡兵法所《ひょうほうどころ》では、大騒ぎになった。当主清十郎が無名の剣客のために廃人になり、その弟伝七郎が、復仇《ふっきゅう》に失敗して落命してしまったのである。

「すべて、一撃である。このくやしさよ」

と、遺《のこ》された一族や門人たちは西洞院《にしのとういん》の吉岡家にあつまり、あるいは泣き、あるいは激怒した。この場合、洋の東西を問わず、中世人特有の感情のはげしさを考えねばならない（時代はすでに近世に入っていたが、人の心のはげしさは、多分に中世風であった）。

が、冷酷な者もいる。

「無名の兵法者《ひょうほうしゃ》の挑戦に乗ったのがわるいのだ。御当主、御部屋住みのご軽率さ、評することばもない」

なるほど軽率であった。

もともと、野《や》の兵法者というのはおのれの一名をあげんがために名流に挑戦したがる。勝てば、たったその一勝だけでその名流をしのぐ名声を得る。

名流のほうは――兵法の家の吉岡家ほどの古典的権威は天下にないが――決してそれに乗ってはならない。

――名流ハ勝負ヲキソワズ。

というのが、当時のどの芸術（技芸というほどの意味）の名家でもかたく持《じ》していた鉄則である。でなければ営々きずきあげた権威が、一朝でほろびる。

余談だが、武蔵でさえ、三十歳以後は勝負をすることを避けた。後年、武蔵が豊後《ぶんご》(大分県)の小笠原家の家臣島村十郎左衛門方に足をとめていたところ、ひとりの若い兵法者の訪問をうけた。青木某という。

——ぜひ、兵法のおはなしをうかがわせていただきとうござる。

というので引見すると、青木が旅具の上に木刀を一本置いている。武蔵は目ざとくみつけ、

「あの木刀は、お手前のものか」

「はい」

と、青木はいった。その青木の木刀には、赤いふさをつけた腕ぬきのひもがついておりそのことが武蔵のかんにさわったらしい。

「その赤い腕ぬきはなんだ」

「これは」

装飾のつもりである。この木刀は諸国をまわって試合をするときに用いているという。

武蔵はその「試合」ということばをきいて意外な反応に出た。いきなり立ちあがり、

かたわらの児《こ》小姓《ごしょう》（島村家の）をよび、その前髪の結目《ゆいめ》にめしつぶを一つのせ、

「ごらんあれ」

というや、五尺飛びすさって大剣をぬき、上段にあげ、腰をおとし、電光のはためくような勢いで斬りおろした。

「見よ」

と、武蔵は剣をおさめ、いった。

児小姓の髪の上のめしつぶが、真二つに切れていた。むろん児小姓になにごともない。

「見よ、見よ」

と、青木某の鼻さきにそのめしつぶをつきつけ、獣《けもの》のうなるような声で（武蔵の声はよくひびき、梁《はり》の上の塵《ちり》が動くようであったという）、

「見よ。わしはこれほどの腕がありながら試合というものを容易にせぬ。それほどに敵には勝ちがたいものぞ」

武蔵は二十代でその生涯のおもな勝負をしとげたが、三十代になると兵法というもののおそろしさを知った。そのおそろしさをどう克服すべきかということがかれの三十代以後の課題になるのだが、それほどに考えているかれからみれば、生兵法《なまびょうほう》の剣客

が軽々に勝負、試合ということばを吐くのが、殺してやりたいほどに腹だたしかったにちがいない。

ともあれ、この時期の武蔵はちがう。かれはわが剣技を試さねばならず、剣名をあげねばならず、そのためには生死を賭けるべきであった。どの世界のどの分野の術者も、そういう時期があるのではないか。

——だから愚だ。

と、吉岡家の冷静な観望者はいうのである。

「そういう男は名声に餓えた、いわば餓虎《がこ》のようなものである。たとえかれが挑もうとも、当家としては調略をこらし、避けに避けるべきであった」

が、他の者はいう。

「それはあとで言うこと。あのときはそうはならなんだのだ」

というのである。武蔵の挑戦がたくみすぎた。当初、当家にかの兵法牢人《ろうにん》が挑戦してきたとき、その挑戦状とおなじ内容の文章を三条大橋のほとりに高札《こうさつ》としてかかげ、世間の目に曝《さら》してしまっている。しかもその返事は、

——この高札に書け。

と要求しているのである。もう吉岡家がそれを拒否すれば恥を天下にさらすことに

なりそれだけは出来ない。受けて立たざるをえないようなかたちで武蔵はせまった。奸智《かんち》といえば奸智だが、この才能を武略であるとすれば兵法者に惜しいほどの智謀である。

「いまいっても詮《せん》ないことだが、最初に高札が出たとき、返書などはせずにかれをさがしだして闇々《あんあん》に討ってしまえばよかった。それが武略というものだ」

討って、殺してしまってから景気のいい返事を高札でかかげ、世間を瞞着《まんちゃく》してしまう。死者は出て来ない。出てこなければ、

――武蔵は臆《おく》したか。

と、いま一度景気のいい高札を出して吉岡兵法の名をいやがうえにも高からしめればいい。それでいい。それが名流・権威というものの処世の武略というものである、と一門の老人がいう。

が、他の者が言いかえした。

「その手には、かれは乗らない」

という。武蔵はそれをあらかじめ計算し、自分の高札をかかげるや、掲げ捨てたままその身をくらましているのである。さがそうにもどこに潜伏しているのかわからなかった。すべての智恵は、あの狡獣《こうじゅう》のような男の布石の前にはむだであった。いわば

吉岡家は、兵法以前の政治において敗れたといっていい。

吉岡家での論議が沸騰《ふっとう》した。

「このうえは、かの牢人を、吉岡の一族と門人総がかりで討ちとるしか仕方がない」

それしかない。

この吉岡家の巨大な不名誉は、かれにとっては巨大な名誉である。かれはそれを諸国で言いふらすであろう。それを言いふらさせぬためにはその命を潰すことによって口を永久に閉じさせなければならない。

「その一手しかない」

と、冷静な者さえそれに賛同した。すぐこの一門は評定《ひょうじょう》をひらいた。まるで軍議であった。なぜならば一人の武蔵に対し、吉岡一門が考えた構想は合戦の規模であった。

まず、総大将をきめねばならない。

さきの当主清十郎の子に又七郎という者がいる。まだ幼童である。これに腹巻、陣羽織を着せ、采《さい》を持たせ、これを仇討《あだうち》名目人として繰りだしてゆく。従う一族・門人は百人内外であった。打物《うちもの》は太刀《たち》だけでなく、槍、薙刀《なぎなた》、鉄砲組、弓組までつくった。

しかるのち、武蔵に対し、挑戦した。

「場所は洛北一乗寺下《さが》り松」

と、吉岡方から指定した。

二

この時期、武蔵はすでに自分の旅宿を吉岡方にあきらかにしている。もはや姿をくらまさなくても危険はない、と武蔵は判断した。事態がここまで進展してしまえば吉岡方としても闇打ちのようなけれんわざは世間に対してもできない。その呼吸を、武蔵は察していた。こういう察しかたをかれの兵法では、

「見切ル」

という。かれの得意の術語である。またかれの兵法書では「敵ニナル」ということばをつかっている。要するに武蔵は、京の街の一角で吉岡方の挑戦状をうけとった。この時期武蔵の周囲には京でとりたてた門人が何人かおり、かれらが吉岡方のさまざまのうごきを武蔵の耳に入れた。このため武蔵は相手の陣容を知った。

「拙者らも、御助勢しとうございます」

と門人らはこの二十一歳の師に訴え出たが武蔵はゆるさなかった。

「一人でゆく」

その表むきの理由は「多数争闘ニ及ンデハ公儀ニ対シテオソレアリ」ということであったが、内実はそうではなかった。武蔵の戦術眼からすれば一人でこそ敵多数のなかに姿がまぎれるためにかえって有利であろう。それに、負けても一人ならば名折れにならない。もし勝てば孤剣よく百人を制したということで、はかり知れぬ名声がかれの頭上にかがやくであろう。

「時刻は早朝」

と、武蔵は指定した。

武蔵は、敵が指定した洛北一乗寺村の地理地形をあらかじめ検分している。京の三条大橋を起点とすれば、二里はあるであろう。霧が深い。霧は、瓜生山《うりゅうやま》から湧く。瓜生山は京の東山連峯の北にのびた高地で、さらに北へ尾根をつたえば叡山《えいざん》になる。

一乗寺村は瓜生山の山麓にあり、その前面は西へゆるやかに傾く野である。山麓に藪《やぶ》が多く、村は山麓の街道に沿い、街道は村のなかで三叉路になる。その三叉路に下り松という老松が根あがりの風情《ふぜい》で地を這い、枝をしだれさせ、遠望すれば巨大な笠のようにみえる。

（三叉路の道路ぞいに、吉岡方は人数を伏せておくにちがいない）

吉岡方はその陣所を当然この三叉路の辻の下り松のあたりに据えるであろう。そこに総大将の幼童の床几《しょうぎ》も置かれるにちがいない。武蔵は一剣の使い手としては余分な、いわば軍略の才があり、敵の布陣を現地でありありと想像できる想像力をもっていた。かれはさらに入念であった。この下り松付近の地形につき、それが光線でどう印象が変化するかも見た。夜は一乗寺村の闇を皮膚で感じ、早暁には太陽の出ぐあい、光線のさしぐあいを見、のぼりきった太陽の下での地形にも体と感覚を馴らせようとした。ちなみに武蔵は光線に敏感な男であった。その著「五輪書《ごりんのしょ》」にも、

――影を動かすといふ事

――影をおさゆるといふ事

という条項がある。「影は、陽のかげ（光線）也」という。現実の光線という意味と、いますこし象徴的な意味にもあわせつかっている。とにかく、武蔵はそこまで用意をした。

吉岡方は、人数に驕《おご》ったところがあったようである。

「なんの。こんどは勝つ」

と、たれもがおもった。かれらはその前夜来から西洞院の吉岡家に詰めていたが、

鉄砲、弓などは京の北郊に先行させておいた。公儀に遠慮をし、市中は平装で歩いた。人数もかたまらず、何人かずつ漫《そぞろ》にゆく。

——武蔵は、何人で来るか。

というのが、かれらの関心事である。その点にかれらはとらわれた。

「五十人か、それとも七十人か」

などと、息をひそめて語りあった。事実、武蔵の身辺から流れている伝聞では多数押し出してくるという。この点でも武蔵は、武略という詐術《さじゅつ》を敵にほどこしていた。吉岡方は多数の敵という幻影のためにその布陣と配置をせざるをえない。

が、武蔵は夜中、ひとりで京を出発している。その姿を、吉岡方にみつけられてはならない。

幸い、京から一乗寺村へは、東山の山中をたどってゆくことができる。南禅寺《なんぜんじ》裏山から入る杣道《そまみち》で、ひとたび樹林に没すれば何者にも見られずにすむ。大文字山《だいもんじやま》を越えてゆく。途中、地蔵谷におりる。ふたたび谷の南斜面をのぼり、北へゆく。

この間《かん》、神社を通過したらしい。武蔵関係のどの書にもこのことに触れられているところをみれば、武蔵は生涯、このくだりをくりかえし語ったのであろう。

社殿に、鰐口《わにぐち》の緒がさがっている。武蔵は社殿でわらじの緒を締め、やがて進み、その宝前《ほうぜん》の緒をとり、まさに鰐口を鳴らそうとして、

(やめた)

とおもった。戦国期を経過したこの当時の日本人の気質は、すでに中世初頭のひとびとのような超自然力に対する信仰がうすれている。神仏は実在せぬと一面でおもい、一面でそれを叶《かな》わぬまでもすがろうとする半懐疑の心情をすてていない。その半懐疑は人間の弱さの投影であることを、兵法という合理性そのものにみちた思考法のなかにいるこの若者は十分に知っていた。その弱さを殺さねば戦いに勝てぬであろう。

(神仏の力を恃《たの》む恃まぬよりも、それを恃もうとする自分の弱さが問題である)

と、この闘争技術者はおもった。かれはその晩年の箴言《しんげん》「独行道《どくぎょうどう》」に、

――仏神を貴んで仏神を恃まず

と書いている。恃む心の弱さこそ兵法世界における敵であった。

吉岡方の総勢が一乗寺村についたのは、まだ夜の明けきらぬころである。

暗い。

一族の老人が、采配を振った。

「又七郎どのは、これに在《わ》せられよ」

と、下り松の根方に床几をすえ、その幼童をすわらせた。

「弓はあれに、鉄砲はこれに」

と、老人は指図した。三方の街道のいずれから武蔵がきてもいいように兵力の一部を三つにわけてそのそれぞれに埋伏《まいふく》させた。下り松の下には主力兼予備の人数を置き、さらに三方に偵察員《ものみ》を放った。

が、なにぶん闇のなかである。指図どおりに人数がうまくうごかず、たいまつがあちこちで右往左往した。

「夜あけにはだいぶ間がある」

というゆとりが、人々の動きにするどさを欠かせている。

「それに朝といっても、武蔵は遅れてくる」

過去に二度、二度とも武蔵は法外に遅れてきてそれで利を占めた。

「あの男の手なのだ。われらをいらだたせようとしている」

こんどこそその手に乗るまいとし、その用心が、自然動作をゆるやかにしているということもあるであろう。それに、

「どうせ、あの狡猾《こうかつ》な男は陽が高くなってから来る」

と、みなおもっていた。雑談しつつ、それでも持ち場持ち場に散って行ったとき、武蔵の胸が大きく夜気を吸った。

そこにいる。かれらの来ぬうちからそこにいるのである。下り松の根方にいた。

「又七郎どの、これへ」

と、老人が床几をもち、幼童の手をひいて根方に床几をすえたとき、巨大な影が地から湧きあがったのである。

たれも気づかない。武蔵は革袴《かわばかま》をはき、下緒《さげお》でたすきをかけ、ひたいには柿色手拭で汗どめをしていた。

剣は、鍔先《つばさき》三尺八分という、この長身の男にふさわしい大太刀であった。かれは幼童の前に立ちはだかり、小声で、

「吉岡どの、遅かった。すでに先刻から待っていた。自分は武蔵である」

幼童がおどろいたとき、その首は天にむかって飛んだ。

そのときは武蔵の身は転々と闇に飛び、一人、二人、三人、と順次斬りつつ跳躍するごとに坂をのぼり、のぼりつめ、村を走り、やがて山に入ってしまった。その間、ほんの幾瞬《いくまたた》きかにすぎず、吉岡方が真に動揺したのは、その敵が消えてからであった。

武蔵は、そのまま京をすてている。ゆくさきざきで、

——吉岡方百人と戦い、打ち勝った。

といった。そのとおりであろう。吉岡方はたしかに百人ちかい人数をまくばっていたし、弓鉄砲まで用意していた。しかも負けた。なぜならばその将を斬られた。

その将がたとえ幼童でも、吉岡の一軍が将と仰いでいるかぎり将である。将を斬れば戦いは勝ちというのが古来の法であるかぎり、武蔵の論理にくるいはない。

無能ほどむざんなものはないであろう。吉岡方はむしろ武蔵のために懸命のお膳だてをしたようなものであり、武蔵はその武略をもって事実がそのように変質するようつとめた。ただの兵法使いではない。

宝蔵院流

一

京での滞留は、もはや無用であろう。

吉岡一族を潰滅《かいめつ》させた以上、かれらはなおも武蔵に復讐をくわだてるであろうし、それに京そのものが武蔵にとって意味がない。吉岡兵法所《ひょうほうどころ》は、すでにその権威をうしなった。それ以上の権威は、京にはない。

江戸へくだるべきであった。この新興都市が関ケ原以後、日本の首都になりつつある。

(江戸へくだろう)

と武蔵はおもったが、しかしかれの足は東海道にむかわず、奈良街道を南下していた。奈良へゆく。

いったん奈良にとどまりたい。江戸へゆくまでのあいだ、上方《かみがた》における兵法の高峰を征服してゆきたい。

奈良は、槍の名所《などころ》である。宝蔵院《ほうぞういん》流の権威をもって天下の兵法者《ひょうほうしゃ》に知られていた。

（わが兵法を、宝蔵院の槍でためしたい）

というのが、武蔵の南下の目的であった。自分の兵法がどのくらいのものか、その利鈍強弱を知らねばならない。ひとつは自己評価のためであり、さらにひとつには兵法者としての履歴をつけるためであった。すでに吉岡兵法所をたおし、いままた宝蔵院流槍術《そうじゅつ》の本山を倒すとすれば、武蔵の名は剣壇の高峰へ一挙に駈けのぼることができるであろう。


奈良には大名がいない。

が、興福寺がそれに相当するであろう。中世以来、大和のほとんどを領し、兵をたくわえ、強大な軍事勢力でもあった。戦国期に入ってその僧兵隊長の筒井家が自立し、筒井順慶は織田・豊臣家につかえて大大名になり、その二人の家老のひとりであった島左近はのち石田《いしだ》三成《みつなり》につかえて関ケ原での作戦指導をし、他の一人である松倉重政は豊臣家に直仕《じきし》し、さらに徳川家につかえ、肥前島原四万石の大名になっている。また興福寺の系列の地侍《じざむらい》に柳生《やぎゅう》家があり、すでに徳川家に仕え、兵法が高名であった。これら大和武将群の発展ぶりからみても興福寺が中世以来養ってきた軍事潜在力の大きさがわかるであろう。

興福寺は、徳川期になってその寺領を整理させられ、二万五千石だけが安堵《あんど》されているが、これだけでも大名級といっていい。この本山は春日明神《かすがみょうじん》を管理し、かつ大名が重臣をひきいるようにして四十いくつの塔頭子院《たっちゅうしいん》をひきいている。

そのうちの一つが、宝蔵院であった。

武蔵は木津《きづ》から秋篠《あきしの》、油坂《あぶらさか》をへて奈良に入り、坂の上の茶店で、

「宝蔵院はどこにあるか」

と、さりげなくきいた。さらに「宝蔵院と懇意の旅籠《はたご》はどこか」ともきいた。敵の事情にできるだけ通じておくというのが武蔵の試合法であり、かれはその晩年の作の「兵法三十五箇条」にも書いている。

「小櫛《おぐし》のをしへ（教え）のこと」

というくだりがある。小櫛とは櫛のことである。「わが心に櫛をもて」と武蔵はいう。櫛をもって髪をすく。敵を知る場合もそうである。すく場合、毛の結ばれたあた

りがすきにくいが、それをなんとかといてゆかねばならない、という。敵について不明の部分を残すな、ということであろう。

教えられた旅籠でわらじをぬぎ、旅籠に対しては、

「奈良見物である」

といっておいた。数日市中を見物してまわったが、そのころには亭主の佐助とも懇意になっている。武蔵自身、自分が兵法者であることを明かしてあるので、亭主佐助も話の馳走をしてくれた。

「兵法と申せば奈良ではやはり宝蔵院さまでございますな」

と、自然に宝蔵院のことを話した。

「やはり、お強くおわすか」

と、武蔵もことばを丁重にした。

宝蔵院の院主胤栄《いんえい》は、法印《ほういん》の位にある。法印といえば公卿《くげ》の少納言《しょうなごん》あたりに相当する宮中序列で、その序列からいえば田舎大名あたりよりも上であった。

「もはや、神でごわすな」

「ほう、神か」

「月の朔日《ついたち》の夜には、京の愛宕《あたご》や貴船《きぶね》あたりから天狗《てんぐ》があいさつに参ると申します」

「ああ、天狗が」

「左様で。えらいものでございましょう」

「その天狗の一件を、法印さまはおみずから申されておるのか」

武蔵は、そのことで胤栄という男の人柄を判断しようとした。が、佐助はかぶりをふり、

「いいえ、人がそう申しているだけでございます」

「弟子がか」

武蔵は、しつこい。弟子どもにそういう驕慢虚喝《きようまんきよかつ》の風があるとすればその門流はすでに腐っているとみていい。

「めっそうもない」

と、佐助はいった。佐助のいうところでは胤栄はかたく門人をいましめ、外部で兵法のはなしをすることも禁じ、自分が兵法者であることを口外することすら許していない、という。その戒律は厳乎として守られている。

(これはつよい)

と、武蔵も血のさわぎを覚えた。

「法印さまは、おいくつぐらいであろう」

「はて」

佐助は指を折った。

「八十を五つばかり越えてござるようで」

「それはご長寿な」

武蔵は失望した。その高齢ではとても試合には応じてくれまい。

「ご後継者は、どなたである」

「胤舜《いんしゅん》さまと申されます」

「そのかたは」

「まだ十四、五歳におわします」

武蔵はいよいよ失望せざるをえない。佐助のいうところでは初代胤栄は高齢のため二代目の少年を指導することすらできない。このため胤栄の弟子で奥蔵院道栄《おうぞういんどうえい》という者がかわって伝授しているらしい。

「奥蔵院どのは、おつよいか」

「法印さまをしのぐというお腕でありますそうな」

「ともあれ、会わせてくれ」

武蔵は手紙を書き、亭主の佐助にもたせてやった。むろん、長老の宝蔵院胤栄に対してである。

と、老人から返事がきた。

――会おう。

翌朝、武蔵が宝蔵院の門前に立ち、寺中間《ちゆうげん》をまねき、

「昨日、書信をさしあげた者。法印さまに来訪のよしお伝えあれ」

というと、中間は会釈《えしやく》も返さず返事もせずじっと武蔵をながめた。

やがて尊大にうなずき、

――門外にてお待ちなされよ、門外にて。

と、押し出すように武蔵をわざわざそとへ出し、門のしきいをまたがせなかった。

「門外で待つのか」

「左様。そのように命ぜられている」

武蔵は、当然不満であった。門外で待たせるなどは、けがれ者のあつかいである。

「なぜ、かように」

と、当然、不当を鳴らした。が、ほどなく老僧が杖をひいてあらわれたので、それ以上言い募《つの》るわけにもゆかず、中間から視線をそらし、老僧が近づくのを待って草履《ぞうり》をぬぎ、地に片膝をつき、そのような作法をとった。

相手は法印であり、僧官は僧都《そうず》である。凡下《ぼんげ》——庶人——の武蔵としてはこういう礼をとらざるをえない。

が、相手の胤栄は宝蔵院流創始者ともおもえぬほどの和《なご》んだ微笑をたたえ、

「私が、槍をつかう胤栄でござる。きのうのお手紙のひと、播州（武蔵は故郷の作州《さくしゅう》を名乗らない）のひと、宮本武蔵どのとはお手前でありますか」

といった。武蔵があいさつの申し遅れたわびをいうと、

「わびは当方こそせねばならぬ。まことに失礼ながら門内に入ってもらうわけには参らぬ」

と言い、そのあたりの石を指さし、武蔵に腰をおろさせ、自分も別な石の苔《こけ》をはらってそれへ腰をおろした。

「なぜ、御門のなかに入れては頂けませぬ」

「わしは僧であるが、僧だけならばご門内に招《しょう》じ申すこともかまわぬ。しかしながら一方では春日明神にお仕え申す」

寺僧と社僧を一身で兼ねている、というのである。神仏混淆《こんこう》時代ではこの例が多く、僧と神主の両面をもっている。このため宝蔵院では、

「忌《いみ》」

がある。仏教では忌がないが、神道にはある。穢《けが》れ、不浄を忌みきらい、浄《きよら》なることをよろこぶというのは神道の基本思想であり、神道そのものといっていい。穢れ・不浄のなかでも神道がもっとも忌むのは人や動物の死とその死骸あるいは血などであった。たとえば肉親の死後喪《も》に服し神社の境内《けいだい》には立ちよらぬというのは神道からきたものであり、仏教の思想ではない。死に穢れた者が浄域に入ることを神は忌むのである。

「私が、穢れていると？」

と、武蔵はまぶたをするどくあげた。

「洛北一乗寺《いちじょうじ》でな」

と、老僧はいった。一乗寺で吉岡家の幼い当主を殺した、それ以前にも吉岡伝七郎を殺した。知っている。

「ご存じでございましたか」

「門人どもがそう申しておった。しかしながらなかなかのお腕」

「一手《ひとて》、お教え願わしゅうございます」

武蔵はそういった。そういう表現をとるのが当時の慣用句で、ことばは下手《したて》だが、じつは挑戦であった。

い。
「この齢《とし》よ」
と、胤栄は首を前へ出し、下あごをいきなり下げて大口をひらいた。歯が一本もな
「この齢では、お相手もできぬわ」
「さればせめて御門人衆でも」
「ああ」
胤栄は、気軽にうなずいた。
「宿にて待たれよ。お返事いたす」
そのあと、胤栄は武蔵と兵法についての雑談を交した。武蔵が胤栄にききたいのは、
——兵法にとって宗教は必要か。
ということであった。武蔵は、「兵法の道念の涯《はて》には宗教がひろがっている」とし
か思えぬようになっている。これは武蔵にとって生涯の課題になったものであり、か
れは兵法を通して生きながらに成仏《じょうぶつ》しようとし、その点では禅の始祖達磨《だるま》大師以来の
禅の系譜のなかでは不思議人というべきであろう。
じつはこの奈良の宝蔵院にきた目的のひとつにはその点で啓発されたいというとこ
ろがあった。

が、この点ではむだであった。

「わしは法華経《ほけきよう》が所依《しよえ》でな」

といった。法華経さえ念誦《ねんじゆ》しておればなにごとも叶《かな》えられ、願って遂げられぬことはなく、たとえば病いも癒《なお》り、財貨も得、また男を産もうとすれば男をうむことができ、女を産もうとすれば女をうむことができる。

「現世《げんぜ》の利益《りやく》をことごとく得られるというありがたい経だ」

という程度の宗教的境地しか胤栄はもっておらず、武蔵の志向とははなはだ世界がちがうように武蔵にはおもわれた。

二

旅籠にもどって返事を待った。武蔵にとってひとつ迷惑したのは、宝蔵院から神主がひとり来たことである。

「お祓《はら》いな、つかまつります」

宝蔵院の道場に入るからにはそういうかたちを踏んでもらいたいというのであろう。訪ねてきた神主は奈良に多い、埴輪《はにわ》に似たような顔の中年男である。神主としてもよほど安っぽい身分であるらしく、どうもそうらしいことは、かれに伴われて春日明神の境内に入ってから武蔵にもわかった。お祓いをやるのに本殿を用いず、武蔵を境内のすみの小さな末社の祠《ほこら》につれてゆき、そこでやろうとした。

「これはなんと申される神です」

と武蔵がきくと、神主は答えた。どうやら神としても身分のひくい神であるらしい。この神主はこの祠の奉仕者なのである。

（おれは、この程度にしか扱われぬのか）

と、若い武蔵は吉岡一族を倒して気持の昂揚している時期だっただけにひどく屈辱のおもいを感じた。やがて神主のもつ御幣《みてぐら》が頭上を走り、お祓いがおわった。吉岡一族の血のけがれが清められた。

旅籠に帰ると、宝蔵院から手紙がとどいていて、あくる朝に参られるように、という。

翌朝、武蔵は出かけた。

門を入ると栴檀《せんだん》の大樹があり、石段を覆っていた。やがて寺中間に案内されて道場に入った。この時代、兵法の稽古など戸外でするのが普通であり、道場ということばすらなかった（真宗の説教場のことを道場といったが）だけに、武蔵にはひどくめずらしかった。

建物は、瓦ぶきなのである。しかも総檜《そうひのき》づくりであった。内部《なか》に入ると、柱の大きさにおどろかされた。道場の片すみに神棚があり、

「何さまが」

と武蔵が神の名をきくと、春日の赤童子《あかどうじ》と愛宕の勝軍《しようぐん》地蔵であるという。その後の道場の形式や道場に神をまつるというかたちはおそらくこの宝蔵院が最初であろう。

「やあ、播州のお人」

と、宝蔵院胤栄は上座から手まねきし、かたわらの一僧を紹介した。

「奥蔵院道栄」

であるという。巨漢である。右目がつぶれており、首をかしげるようにして武蔵を見、小さく頭をさげた。奈良の僧の風《ふう》として傲岸《ごうがん》であった。胤栄の道統《どうとう》はこの弟子がついでおり、技は初代をしのぐというが、やはり気品は老胤栄におよばない。

やがて奥蔵院は支度をすべくひきさがった。

「お手前は？」

と武蔵は問われたが、

「それがしはこのままでよろしゅうございます」

と答えた。

武蔵はこれまでのあいだ、宝蔵院の槍についてはできるだけしらべた。槍は直槍《すぐやり》ではなく鎌槍を用いる。型には表が九本、直位《しんい》が六本あり、あわせて十五本である。

が、いずれにせよ、槍と太刀《たち》の勝負というのは太刀が不利というのは常識であった。太刀は短く、槍は長い。戦場で武者も足軽も太刀を用いず槍を用いるのは当然であろう。

（どうすれば勝つか）

という工夫を、すでに武蔵は重ねた。まず半身《はんみ》、半身で踏みこんでゆかねばならない。もっとも重要なことは相手に手もとにつけ入って長槍をふるう余地をなからしめることであろう。

――武蔵はかならずそう来る。

と、奥蔵院も覚悟していたし、師匠の胤栄もひそかに秘法を教えていた。

「引いて、誘え」

ということであった。刀術《とうじゅつ》者はなにがなんでも飛びこんで手もとにつけ入ろうとする。槍術者はむしろ刀術者の本能を迎え入れ、誘い、誘うがために槍を手もとにひき、箸ほどに出す。刀術者が躍りこむ。その刀術者の躍りこむ出端《でばな》をとらえ、電光のごとく繰り出せば芋刺《いもざ》しにすることができる。「また相手をまどわすために五寸、一尺、二尺と突き出せ。足を働かせて三段突きや四段突きもあわせ用いよ」と胤栄はおしえた。

やがて奥蔵院は支度をおえ、道場に出てきた。その姿はどうであろう。衣の袖をたくしあげて首のうしろで結び、脚には紺の刺子《さしこ》の股引《ももひき》のようなものをはいており、これが宝蔵院流の稽古姿であった。

槍はむろん、稽古槍である。そのケラ首のあたりに横木の鎌をつけてある。

「武蔵どの、お支度は？」

「これにて」

と、武蔵は柿色の鉢巻をしめ、枇杷《びわ》材の小太刀《こだち》を右手にぶらさげて出てきた。

一同、武蔵の小太刀におどろいたが、武蔵にとってはこれが工夫であった。どうせ槍に対しては大太刀でも小太刀でも長さは五十歩百歩であろう。であればいっそ、軽敏に使える小太刀のほうがいい。敵の懐ろに飛びこめば太刀《たち》行《ゆき》は小太刀で十分なのである。

「小太刀か」

と、奥蔵院は声を出した。武蔵はうなずきもせず跳びさがり、間合《まあい》をとった。構えは中段、姿は半身である。

武蔵は、踏みだした。

（ほう）

と、上段の胤栄はおどろいた。刀術者が槍に対するばあい、普通、槍の仕掛けを待つという受け身――後手《ごて》――のすがたをとる。槍が突き出してくればそれをいちはやく払い、手もとへとびこむ。が、武蔵はその後手をとらず、大胆にも先手をとるべくさきに踏み出してきた。常識外である。

（無謀な）

と胤栄はおもったが、しかし武蔵にとっては既定の工夫であった。「兵法は先《せん》をとらねば勝てない」というのが鉄則であり、武蔵は対槍の場合にだけ「後手で待つ」という例外をみとめなかった。かれの工夫では後手で待つために太刀が負けるのである。

武蔵はずんずん進んだ。

奥蔵院はそのままさがってゆく。しかも武蔵の踏み出しが早くなった。

（ばかな）

と、奥蔵院はさがりつつ敵をあざけりたくなった。つぎの瞬間、この兵法僧がもっともおどろいたことに、武蔵は腹をあけて小太刀をたかだかと振りあげたのである。

刀術者として為すべからざる形であった。腹が隙《す》く。槍は直線行動であり、その空《あ》いた腹へ真一文字に突っこめばいい。

奥蔵院は、突いた。

（あっ）

と、上段の胤栄はコブシをにぎった。この老僧は武蔵の天才をこのとき知った。武蔵は先《せん》、先、と取りつつ槍を圧し、圧するや不意に隙をみせて槍を誘ったにすぎない。槍は傲慢になった。傲慢のゆるみが出た。速度はつねよりも遅い。

戛《かつ》。

と、武蔵の小太刀が槍さきをたたき、右へ受けながし、鮎の躍るようなすばやさで左前へ体を転じ、転じつつ左手で槍の柄《え》をにぎってしまっていた。

武蔵の動作はさらにつづく。握った槍の柄をわが頭越しに左へやり、その瞬間、小太刀を奥蔵院の頭上にふりおろした。髪一筋の頭上でその小太刀をとどめた。奥蔵院はあわただしが、頭蓋《ずがい》を砕かない。

く槍をすてた。

「参った」

僧は危害をおそれ、跳びのき、立礼した。武蔵が勝った。

異種試合

一

武蔵は、奈良が好きであったらしい。

この宝蔵院《ほうぞういん》流との試合は、めずらしく敗者の側が怨みをもたなかった。試合後、宝蔵院胤栄《いんえい》からひどく好意をもたれ、

「兵法《ひょうほう》のお話などうかがいたい。門人どもにもお手業《てわざ》を教えてやってくだされ」

と、逗留《とうりゅう》をすすめられた。武蔵も、この奈良からなにごとかを得ようとしていた。宝蔵院の槍術《そうじゅつ》についてさらにくわしく知りたかったし、またそれとは別に奈良の仏師も訪ねてみたい。奈良には仏をきざむ彫刻師が多く住んでおり、かれらの作業場がほうぼうにある。武蔵はその作業場に行って彫刻も学んでみたい。

「変ったことをおおせある。鑿《のみ》仕事がおすきとは」

と、宝蔵院胤栄は武蔵のそういう癖《へき》までふくめて好意をもった。

武蔵は油坂《あぶらさか》に住む仏師を紹介され、その仕事場で鑿の使い方をならった。

「変った兵法使いだ」

というのが、仏師仲間で評判になった。かれは鑿をもつとたちまちにそれをこなした。

不動明王《ふどうみょうおう》を彫ったり、愛染《あいぜん》明王を彫ったりした。仕上げこそ粗《あら》いが、しかし骨格がみごとで、その造形にみずみずしい力がこもっている。

(よほどの天分があるらしい)

と、宝蔵院胤栄も舌を巻いた。

その彫刻のために武蔵は毎日寺々をまわっては仏像の下絵をとった。その絵も白描《はくびょう》ながら容易ならぬ天分を感じさせた。

「柔和な仏は、好まれぬと見えますな」

と、ある日胤栄はいった。柔和なほとけとは、阿弥陀如来とか、観音菩薩などであろう。

なるほど興味がない。

「私はいちずに不動明王を好みます」

と武蔵はいった。

「なるほど、不動は内なる力が外に出て憤怒《ふんぬ》の形をとっている。いかにも兵法者《ひょうほうしゃ》の帰依《きえ》仏《ぶつ》らしい」

不動明王は、右手に大剣をもっている。左手に羂索《なわ》をもち、顔は憤怒の極をあらわし、右眼を裂けるほどにひらき、左眼をわずかに閉じ、口は下歯をもって上唇を噛み、岩上にすわっている。

「不動明王とはどういうことでございましょう」

「静けさでありましょうな」

と、胤栄はこの求道《ぐどう》欲の異様につよい若者のために説明してやった。不動とは仏語でいう大寂静《だいじゃくじょう》であり、心の静まりの極をいう。心の静まりとは煩悩《ぼんのう》妄想のために動揺せぬ状態をさす。

武蔵は不動をきざむことを好むだけでなく、みずからのなり姿まで不動明王に似せはじめた。たとえば髪であった。髪を不動のようにながくのばし、さきを結び、左肩に垂らした。

その姿で、奈良の町を歩いた。

もともとその相貌は不動に似ている。背は六尺に近く、両眼は巨大で三角をなし、眉は尖《さき》がはねあがり、鼻梁《びりょう》は高く、ほおひげは巻いてそそけだっている。どうみても不動明王であり、それが生きて町を歩いているかのようであり、辻に立てばあたりの者を恐怖させるに十分だった。

ただ不動明王とちがうところは、体臭がつねにその褐色の衣服に蒸《む》れている点であった。かれは入浴がきらいで、おそらく生涯風呂に入らなかったであろう。からだの汗やあぶらは柿色手拭をもってわずかにぬぐう程度であった。

奈良には、半年ほどいた。かれの生涯の余技になった彫刻と絵画の基礎をつくったうえで、この奈良での日々はよほど重要であったというべきであろう。

春、江戸へむかっている。

途中、伊賀（三重県）を経た。伊賀の国都上野城下に足をとめ、旅籠《はたご》でさまざまのうわさをきくうち、この地方に異様な兵法が流行していることを知った。

二

鎖鎌《くさりがま》である。

「どういう道具だ」

と、旅籠の主人にきくと、あらましの説明をしてくれた。

特殊な鎌を用いる。鎌の柄に六尺の鎖がついており、鎖のさきに分銅《ふんどう》がある。術者は左手に鎌をもつ。

右手に鎖。

その鎖をすさまじく回転させることによって分銅で相手の頭をうちくだいてしまう。敵が太刀《たち》をもって斬りこんでくれば鎖を張って受けあるいは流す。ときに敵の刀をからめる。鎖でからめて手もとへ引きよせ、すばやく飛びこんで左手の鎌で相手の首を掻《か》きとってしまう。

「和尚《おしょう》はたれだ」

と、武蔵はきいた。和尚というのは兵法の師匠のことで、かれの時代の特殊なことばの使いかたであった。

「宍戸《ししど》さまでございます」

(会いたいものだ)

と、武蔵はおもったが、伝手《つて》がない。結局じかにあたってみることにした。武蔵の欲求は鎖鎌の技術をみることであり、宍戸某との試合ではなかった。

「ご覧あそばすことは、むりでございましょう」

と、亭主はいった。兵法というのはつねに秘密主義で、どの道場でも窓を高くし、往来からのぞき見することすらできないようにしてある。秘伝をみだりに人の目に曝《さら》さぬということであり、それをさも大そうな秘伝でもあるかのように秘密めかしく装置することが、ひとつには兵法者の渡世法であった。宍戸は容易にはみせぬであろう。

「宍戸という和尚の道場はどこにある」

「それが」

城外だという。それも野外の河原であった。

稽古日になると宍戸某は河原の松から松へ幔幕《まんまく》を張りめぐらし、人目を遮《さえぎ》ってそのなかでこの術を教える。人目を遮ることがかえって人目につき、

——何事がそのなかでおこなわれているのか。

という強烈な好奇心を抱かせ、神秘感をもたせ、そのために評判をとっていた。

武蔵はその稽古日に河原へ出かけてみた。なるほど松林に大幔幕をめぐらせており、幔幕のそとには数百人の見物衆がひしめいていた。見ることもできぬのに見物とは奇妙であったが、しかし見ることができぬだけにかえって洩れきこえる物音や気合の声にさまざまの想像が楽しめるのであろう。

「鎖鎌とは、どういうものだ」

と、武蔵は見物の男にきいた。男は、息をひそめていった。

「天竺《てんじく》の魔法のようでございますな」

太刀の兵法などは歯が立たぬという。

「鎖で敵の太刀をからめとるのだな」

「なんの、あなた」

太刀をからめとられるほどに戦う刀術《とうじゅつ》者がいれば見たいものだとこの見物人はいうのである。

よほどの達人でも太刀を行かせる以前に、宍戸が空中に飛ばせる分銅のため頭をこなごなに割られてしまう、という。その分銅たるや、すさまじい回転で飛びまわるため、ちょうど百梃《ちょう》の鉄砲を一時に射ち放つようなもので、いかなる名人でもそれを避けられない。

「ときどき試合をいどむ者があるのか」

「この月に入って三人の旅の兵法者がこの幔幕のなかに入りましたが、出てきたときは無残な死骸《ほとけ》でございましたよ」

そのうちの一人などはちょうど砲撃をくらったように顔半分がちぎりとられていた

という。

「見せてもらうわけにいかぬのか」

「とても」

見たいと思うなら試合をいどむ以外にない、というのである。

武蔵は、幔幕のそばの草の上に腰をおろしなかの物音に耳をすました。ざっと一時間ばかり、気合や物音を採集してはあたまのなかで取捨し、構成し、演技の光景をさまざまに想像した。

武蔵は他の刀術者とはちがい、異種兵器についての知識と想像力がゆたかであった。もともとこの男のばあい十手術《じってじゅつ》という家芸が最初に学んだ兵法であり、その点で他の刀術者のように異種兵器への怖れはなく、むしろ親しみをすら感じているほどであった。

「……」

武蔵は小くびをかしげていたが、不意に幔幕をはぐってなかに入った。そこで宍戸の演武を見た。

(これか)

と、一瞬でその光景を見てとったとき、宍戸が気づき、あわてて術を中止した。門

人が騒ぎ、武蔵をとがめた。武蔵は膝をついたままである。そのままの姿勢で、

「一手、お教えを乞いたいのだが」

といった。膝をついたままで言ったのは、自分の背丈を宍戸に知られたくないからであり、ことさらに体を小さくしている。

「名でござるか、左様、播州《ばんしゅう》の牢人《ろうにん》」

と言い、名は紙にしるし、門人に渡した。

「師の名は？」

「師は持ちませぬ」

「流儀の名は」

「師もなければ流儀もなし。わが兵法は山野の霊気をうけて自得せしもの」

「待たれよ」

と、門人は去った。

武蔵が目をあげて望むと、宍戸は五十歩ばかりむこうで床几《しょうぎ》をすえ、北を背にして門人から委細を聴いている。

——兵器《えもの》はなんだ。

と問いかえしている様子が、その表情、唇の動きで武蔵にはわかった。

──太刀を用います。

と、門人が答えている。

やがて門人が武蔵のもとにやってきて、諾否をいわず、

「これにてお待ちあれ」

とのみ言った。武蔵は草いきれのなかで待たされた。無意味に待たせるところをみると、宍戸はそれとなく武蔵を観察し、体つき、身ごなしの癖《みじろ》まで見尽してしまおうとしているのであろう。武蔵はそうと察し、草に座したまま身動きもしなかった。

やがて陽が傾き、小一時間ばかりして、

「当流には稽古試合がない」

と、門人をして告げしめた。なるほど鎖鎌ならば稽古試合はできぬであろう。立ちあえば真剣でしかない。

「されば、いま一度思案されよ」

それが、宍戸のことばである。さらに門人は言い添えた。

「当流に挑《いど》んでぶじ命のあった者は一人としてない。無用の殺生《せっしょう》はしたくない、というのが和尚のおおせでござる」

「ご斟酌《しんしゃく》、痛み入ります」

と、武蔵はことさらに初心《うぶ》めかしく会釈しつつ、

「しかしながら兵法のために命を捨つること惜しからず。左様にお伝えくだされ」

「しばしお待ちあれ」

門人は去った。武蔵はふと、

(宍戸は逃げ腰なのではあるまいか)

と思い、不意に手をあげてくるくると夕スキをかけ、汗止めの鉢巻を締め、宍戸の床几の方向にむかって立ちあがった。いわば挑戦である。

宍戸は受けざるをえないであろう。

宍戸も床几を立ち、唾を吐いた。

「小僧、死をいそぐか」

と、大声で威喝し、さらに唾を吐き、やがて頭に兜《かぶと》の鉢金《はちがね》をかぶった。鉢金をかぶるのが鎖鎌の稽古防具であるに相違ない。鉢金には鎖編みのシコロをつけ、異様な形《ぎょう》体《てい》である。肌にも鎖帷子《くさりかたびら》をつけていた。

「武蔵、支度はよいか」

「宜候《ようそろ》」

と、武蔵は両手を垂らしたままいった。つねに武蔵は試合の前、その寸前になるま

で構えをつくらない。

ゆるゆると歩を進めた。

宍戸は脚《あし》を撞木《しゅもく》に踏んだ。梵鐘《ぼんしょう》の撞木をつく、あの足がまえである。左手がぎらりと光るや、鎌を左ななめの天にかざした。右手に六尺の鎖をもっている。鎖は両手のあいだで張り、垂らされた分銅がゆるゆると円をえがきはじめた。

(これが鎖鎌か)

と、武蔵がおもったとき、唸《うな》りとともに分銅が飛んできた。避ければ避けたほうに飛来し、退ればさらに伸びてくる。

びいっと飛来し、それが飛び去ったとき、武蔵はわずかにさがり、さがった勢いを利用して大剣を素っぱぬいた。それも左手で抜き、しかも左手に持ち、剣尖《けんせん》を沈め、下段に構えた。

——左手に大剣を。

というだけでも、まわりに居ならぶ門人たちにとって驚きであったであろう。が、つぎの瞬間に変化した武蔵の肢態にはさらにおどろかされた。

武蔵の右手が天にあがっている。その右手にいつのまに抜いたのか小刀《しょうとう》がかざされていた。

宍戸もさすがにひるんだ。

が、武蔵にとって自分を死から救うにはこの異様な構え以外になかった。かれ自身もこういう構えをかつてとったことがない。

後年、武蔵は、

「鎖鎌と戦うには」

と、熊本あたりの門人の前で何度かこの逆二刀、右上段、左下段の型を演じてみせたが、この場のこの生死の瞬間においてはかれはとっさに思いついたにすぎない。

頭上の小剣の役目は複雑であった。この小剣は頭上で静止せず、くるくると舞い動いているのである。宍戸の右手のうごきに適《あ》わせている。

宍戸の右手の鎖の回転にあわせ、その回転を自分の右手に移し、相手の呼吸をわが体にひき入れようとしている。そのための小刀の旋回であった。これは後年、というより武蔵の死後、門人たちが武蔵の遺流《いりゅう》を型としてのこしたとき、この型は、

――三心刀《さんじんとう》
と名づけられた。意味はわからない。観無量寿経《かんむりょうじゅきょう》に三心ということばがあり、至誠《しじょう》心《しん》、深心《じんしん》、回《え》向発願心《こうほつがんしん》と言い、そこから命名されたともいう。兵法が後世になって哲学臭を帯び、その思想が誇大化したとき、その用語は多く仏法から借りられたが、そ

のたぐいのひとつであろう。

この場の武蔵とは、関係がない。

武蔵は大剣をもって敵の鎖のオトリにしつつ、頭上の小刀を攻撃武器にしようとした。

宍戸は、当惑した。

かれの敵はつねに一刀者であった。一刀であればそれを絡《から》めば済む。が、この場合、武蔵の小刀に分銅を飛ばせば武蔵の大剣の自由をゆるすことになるであろう。また大剣に狙いをむければ、武蔵の頭できらきらと旋回している小刀がどういう働きに出るかわからない。

この惑《まど》いが、宍戸の攻撃をひるませ、逆に武蔵の足を踏みこませた。武蔵はこのまの構えで前へ前へとすすんだ。

宍戸は、さがった。さらにさがった。攻撃専一といっていい鎖鎌が防ぎにまわるときにその弱点が露呈するであろう。

武蔵は、それを待った。

宍戸の分銅が、一秒の何分の一かの瞬間、下方にさがった。

武蔵は、動いた。

小刀がきらめき、飛び、宍戸の胸——鎖帷子に突きささり、落ちた。怪我はない。が、宍戸の右腕が、身をかばった。

その崩れにつけ入り、武蔵は大剣をもって突きを入れた。が、及ばない。宍戸はさがった。すでに腰が崩れていた。武蔵は跳びこみ、大剣に右手を添えるや、まっこうからふりおろし、鉢金もろとも、すさまじい膂力《りょりょく》をもって宍戸の頭を真二つに割った。

門人が騒いだが、武蔵はすかさず宍戸の死体をとびこえて門人のなかに殺到し、斬り崩し、やがて幔幕を切りおとし、魔のように姿をくらましてしまっている。

夢想権之助のこと

一

武蔵は、江戸にくだった。

——武芸者の評判は、上方《かみがた》できまらない。今後は江戸できまる。

当然、おもった。

大坂の豊臣家はすでに天下の武門の中心ではなく、関ケ原ののちは七十万石程度の地方大名の位置に落ち、右大臣豊臣秀頼は公卿《くぎょう》として京の朝廷に属していた。徳川家康が、江戸に幕府をひらき、豊臣家以外のすべての諸侯を統御《とうぎょ》している。諸侯は江戸に屋敷をもつようになった。

「江戸はたいしたものだ」

と、江戸郊外の百姓たちはいう。ほんの二十年足らずの以前、つまり家康の関東入部のころまでは江戸などは人も知らぬ漁村であった。土地が低く、海水がたえず低地を浸し、沼沢《しょうたく》には蘆荻《ろてき》がしげっている。よほど埋め立てねば広大な城下町はできあがらぬとされていた。その江戸が関ケ原以後わずか数年で大坂をしのぐほどの繁華の地になっており、諸大名が常駐するにつれて商工の徒が多く流入し、そのための住家が日に日にふえつつある。

(これからは、江戸だな)

と、武蔵はおもった。

それに、武芸者にとっては豊臣家よりも徳川家のほうがありがたい。

豊臣秀吉などは(その亡主織田信長も同然だが)、

——兵法《ひょうほう》とは足軽の手わざか。

というほどにしか理解していない。

「士格《さむらい》の学ぶべきものにあらず」

とまでおもっていたであろう。事実、この信長と秀吉という、日本中の乱をおさめて馬上天下を統一した百戦の経験者は、兵法という新興の技術が戦場の役に立つものだとはあたまからおもっていない。

兵法――太刀《たち》、槍、棒などいわゆる武芸は、むろんふるくからあったが、それが芸として編まれ、きわめられ、流行しはじめたのは戦国中期になってからである。信長や秀吉と同時代だが、かれらはこの芸術（兵法をそういう）になんの興味も示さず、兵法者《ひょうほうしゃ》をその技術のゆえに召しかかえたりはしない。信長も秀吉も、その配下に剣術指南役などをもたなかった。まして武芸試合などというものを主催したこともない。

織田・豊臣期の諸大名も、信長や秀吉にならって無関心であった。かれら諸大名はいずれも千軍万馬の古豪どもであったが、その実戦経験から照らしても、

「ちかごろはやりの兵法など、あれは戦場の役に立たない」

と、積極的に軽侮《けいぶ》していた。

第一、戦争を左右するものは指揮者の指揮能力であり、そういう将才をもつ者は大いに貴重とされ、たとえ牢人《ろうにん》しても千石、万石で召しかかえようとする大名が多い。が、刀をふりまわす技術者はどうであろう。

戦場で、徒歩で駈けて刀をふりかざしてすすむのは徒士《かち》か足軽である。その階級に必要な芸といっていい。もっともそれも、この芸が実際には必要といえるかどうか。戦場では敵はことごとく甲冑《かっちゅう》をつけている。鎧武者《よろいむしゃ》を打つにはごく単純な運動で十分

であった。鎧のすきまを突く。それだけでいい。それだけのことをわざわざ足軽どもに学ばせる必要があるかどうか。信長や秀吉はないとみたのであろう。

が、家康は多少ちがっている。

かれ自身、若いころから物を学ぶことがすきで、学べるものはなにごとも学んだ。学問も学んだし、軍学も学んだ。右の両人とはちがい、家康は自分を天才だとはおもったことがないからでもあろう。学ぶことによって自分を成長させようとしたらしい。そかれは歩卒のわざである鉄砲をすら学び、相当な射撃眼をもつようになっていた。そういう習癖から、新興の兵法もまなび、若いころ奥山流の免許皆伝《かいでん》までとった。

このため多少の理解と関心がある。すくなくとも、

――徳川どのは、お気持があるらしい。

と、そのように評判され、天下の兵法者は徳川麾下《きか》の諸将に用いられることをのぞみ、そのためもあってかれらは江戸へあつまってくる。

武蔵も、そのひとりである。

武蔵の名は、多少江戸にもきこえている。すくなくともこの世界を好む旗本連中には知られており、武蔵はそういう縁をたどってさる旗本の屋敷に逗留《とうりゅう》した。

「いつまでも、逗留なされよ」

と、その旗本はいってくれた。兵法者の位置は卑《ひく》いとはいえ、日本人はいつの時代でも芸の師匠を尊敬する。旗本はこの素姓《すじょう》もあやしい牢人を、その芸のゆえに丁重にあつかい、門前の一屋《いちおく》をあたえ、家来に給仕させた。

もっとも旗本は、

——わしに仕える気はないか。

といってくれたが、武蔵はことわった。旗本ふぜいの徒歩侍《かち》になって五石や十石をもらうには、この男はあまりにも望みが大きい。

「まだなお道業《どうぎょう》をきわめとうござる」

といい、それらの申し出をことわった。ことわりつつも武蔵は物哀しくおもったことであろう。

武蔵は江戸に三年いた。この間《かん》、江戸の知名の士と交際した。

ひまなときには、絵か、彫刻をしている。

鍔《つば》を打ったり、弓を自製したりした。おそるべき器用さであり、器用なだけでなく、その鍔や弓はほうぼうで珍重され、

「わしも、あの牢人につくってもらいたい」

と、人を介してたのんでくる旗本が多くなり、武蔵もむげにことわらず、気がむきさえすればそれらをつくってやった。その礼物が、武蔵の生活をうるおした。

この仁《じん》、一生福力《ふくりき》ありて
金銀に乏しからず

と、かれの晩年いわれた。武蔵は生涯食うにこまらず、貨殖家でもないのに金銀があつまり、晩年など、入用のときは、

――何番目の袋をもって来い。

と、門人に命ずるほどにいわば裕福にちかかった。ひとつにはかれの腕についているいまひとつの技術のおかげでもあったろう。

江戸でのある日、楊弓《ようきゅう》を削っていた。

楊弓とは、遊戯用の小弓のことである。楊とはやなぎのことだが、どういうわけかやなぎを材料とはせず、紫檀《したん》や桜などのかたい木を用い、それを削り、継弓《つぎゆみ》のやりかたでつくる。弦《つる》のながさ二尺八寸ほどであり、ごく小さい。室町のころから朝廷でこの弓を用いた射撃遊戯が公卿《くげ》のあいだで流行しはじめ、足利《あしかが》幕府の武家貴族などのあいだでも大いにはやった。この遊戯が江戸の旗本屋敷の少年たちにひきつがれた。武

蔵は江戸で知ったさる大身《たいしん》の旗本からそれを頼まれた。

濡れ縁に出て削っている。そのとき、

「頼もう」

という声が、垣のむこうできこえた。門も玄関もない住まいであるため、来訪者は垣ごしに声をかけねばならない。

「客らしい。応対をたのみます」

と、給仕役の者にいった。その者が柴折戸《しおりど》のそばにゆき、来訪者をみた。

「それがしは夢想権之助《むそうごんのすけ》という者。宮本どのにおとりつぎねがいたい」

「御用は」

「一手、ご指南ねがいたい、とそのようにお取り次ぎあれ」

試合の申し入れである。

二

来訪者の声も姿も、武蔵のすわっている濡れ縁から十分にとらえられる。

(すさまじい形体《ぎょうてい》だ)

と、まず武蔵はその来訪者の服装に、小さなおどろきとはげしい蔑《さげす》みをもった。白い袖無《そでなし》羽織をきている。羽二重《はぶたえ》の生地《きじ》というだけでもたいそうなものだが、その肩に大きな朱の日ノ丸を染め出している。さらに前はといえば、両側のえりにきらきらと金泥《きんでい》の文字が大書されていた。

兵法天下一　日下開山《ひのしたかいざん》
夢想権之助

とある。

——変ったやつだ。

とは武蔵はおもわない。この時代、武蔵と同業の兵法修業者というのはおおかたこういう手あいの男どもであった。

無教養で自己顕示欲が異様にはげしく、名と存在をひろめるためにはどんな手段をもえらばない。女の着物をきて歩いている男もあった。めだつからであった。また緋《ひ》の山伏衣《やまぶしごろも》をつけ、体じゅうに鳥のはねをつけ、一本歯の下駄をはき、羽毛の団扇《うちわ》をもち、伝説の天狗《てんぐ》そっくりの姿をして諸国をあるいている者もある。武芸者の多くは牢人であるため、なんとかして人の口から口への噂を掻《か》きたてたい。

夢想という姓からしてそれである。こういう姓は実際にはなく、権之助が衒《てら》ってつけたのであろう。

（そういう男ではないはずだが）

という感じが、武蔵には以前からあった。武蔵はこの名をきいていた。

流派の筋目ただしい兵法者である。兵法の始祖とされているのは関東の香取《かとり》のひとで天真正伝神道流《てんしんしょうでんしんとうりゅう》をひらいた飯篠長威斎《いいざさちょういさい》であり、それが二代目松本備前守《びぜんのかみ》政信につたえられて大成された。夢想権之助はその初代長威斎からかぞえて七代目の印可《いんか》所持者で、「道統《どうとう》すずやか」といっていい。この兵法は初期のものだけに刀術だけでなく、あらゆる体術がふくまれている。そのうち、棒術がもっとも特徴的であった。夢想権之助はこの棒術をもって世に立とうとし、みずから工夫して、

「神道夢想流杖術《じょうじゅつ》の開祖」

と号した。

自己顕示欲のつよい人物はついには狂人のようなふるまいをするが、夢想権之助は狂人ではない。

ただの人間であるらしい証拠にのちに筑前福岡の黒田家に召しかかえられてからは、ふつうの地味な服装にもどっており、ひとが諸国漫遊時代のその異体《いてい》のことをいうと、

――いやいや、あれは芸者《げいしゃ》（兵法者）のつねでな、あのようにせねば世に知られぬ。と弁解し、その話題をきらった。そういうあたりからみると、他の女体《おんなてい》の男や天狗姿の男たちとくらべて多少わが身がわかる感覚はあったらしい。

武蔵は、

「試合はさておき、この日向《ひなた》で雑談でも聞かせてくださるならば、当方はさしつかえござらぬ」

と取り次がせた。夢想は入ってきた。夢想の目からも、武蔵の姿は先刻からみえている。

夢想は庭さきに立ち、自己紹介した。武蔵も工作刀をおいてわが名を名乗ったが、座は動かない。夢想は自分の試合歴を語った。なるほど「兵法天下一　日下開山」を自称するだけに、戦って負けたことがないらしい。

（しかし、わしより弱かろう）

と、武蔵は評価した。勘でわかる。それにこの種の虚喝人《きょかつじん》（はったりや）に共通しているのは自己抑制のよわさだった。

（試合《しあ》ってみよう）

とおもった。試合は、おのれの実力よりも低く評価した相手とせねばならない。武蔵のころの牢人兵法者はすべてそうであり、兵法感覚の初動は相手へのねぶみであり、もし値踏んでなおかつ負けたときは自分の評価力の不足といえるであろう。「自分は生涯六十余たびの試合をしたが一度も負けたことがない」と武蔵は晩年に書いているが、かれのもっともすぐれていたのはこの感覚であった。

「棒をつかわれるそうで」

と、武蔵はひくい声でいった。獣《けもの》も、真に自信をもったときには声がひくい。

「左様」

夢想がうなずいた。

「お手前の棒とは、世にいう棒ノ手でござるか」

と、武蔵はきいた。ふつうは棒術（杖術）のことを棒ノ手という。

「いや、杖術と申す」

夢想は、新語でいった。武蔵は、夢想がたずさえている棒を見た。長さ八尺で、八角の角《かど》をとってある。これに一撃されればたとえ兜《かぶと》をかぶっていてもこなごなにされるにちがいない。

夢想の棒は、前後（棒に前後はないが）二尺を薄鉄《うすがね》でつつんである。その薄鉄にいぼがうたれており、この部分が敵の刀を受けとめるための働きをするのであろう。

が、いずれにせよ棒ほどおもしろい兵器はないかもしれない。撃てば太刀になる。棒そのものがことごとく刃といっていい。突けば槍になり、それも前後に穂《ほ》をもち、八方に突くことができる。

「棒ノ手とは、つまり」

と、武蔵はわざと古臭い用語をつかい、夢想をいらだたせようとした。夢想はその手に乗った。

「杖術でござる。棒ノ手ではない」

「ジョウとは」

「杖」

と、夢想は棒のさきで地面に大きく書き、顔をするどくあげるや、

「字義をきくよりも立ちあわれよ。さればいっさいがわかるであろう。さあ」

さあ、と飛びのいた。

武蔵はひざの木屑《きくず》をはらい、ゆらりと立ちあがった。手に、四角の割り木をぶらさげている。楊弓の材料だった。

短い。そのことが、夢想を怒《いか》らせた。武蔵武蔵、それでよきや、と叫んだ。

「これにて十分」

と武蔵はうなずき、庭さきにおりた。夢想は当然、愚弄されたとおもった。

「武蔵、思いあがったか」

「なぜだ」

ともいわず、武蔵はみじかい割り木をぶらさげたまま立っている。この兵器《えもの》は、かれにとって本気であった。奈良で宝蔵院《ほうぞういん》の槍と異種試合をしたとき、脇差《わきざし》のながさの、小さな木刀をつかった。そのとき自得した。槍――棒も槍の一種であろう――に立ちむかうときには敵の懐《ふとこ》ろにとびこむしかない。とびこむには当方の兵器は飛びこむために相手の槍を払うだけの役割りであり、その機能のためには短いほうがいい。さらにとびこんで相手を刺すか撃つには、短いほうが長い太刀より刹那《せつな》の迅《はや》さがある。が、夢想は理解しない。武蔵とのあいだに二十歩の間合《まあい》をとりつつ、足ならし手ならしのためか、さまざまの型を演じてみせた。水車のようにまわしたかとおもうと、わきへひき入れる。一尺ほどに縮んだ。キラリと突きだせば十尺にも伸び、さらに前後左右八方に突きだし突き立て、やがて一蹶《いっけつ》して間合をちぢめ、さらに縮めたとき、

「やはり、ただの棒ノ手ではないか」

と、武蔵は嗤《わら》った。夢想は無言でいた。怒りが、面上に噴き出た。

――見よ。

と夢想がつぎの行動をおこしたときが、武蔵がのちに自分の流儀の体系として書きのこした、

「待《まち》の先《せん》」

という呼吸であった。

武蔵は（武蔵だけでなく兵法はどの流儀でもそうだが）、敵の先《せん》をとらねばならないという。先をとり、さらに先をとる。敵が先をねらおうとするその先をもとる。一刀流ではこれを先先ノ先をとる、という。

武蔵の用語ではこの場合、「待の先」をとった。待とは、敵が打ちかかろうとする、そのかかろうとする拍子《ひょうし》、その拍子に敵は怒りをふくんでいるためにその気魂《きこん》の充実が一瞬抜ける。というより気魂が傾斜し、秒の何分の一かの刹那に体《たい》が崩れる、ということであろう。その秒の何分の一かの刹那に武蔵は合わせる。身を寄せる。目もとまらない。

夢想権之助も気づかぬうちに、武蔵の顔が自分の鼻さきにひろがっていた。

——丁《ちょう》
と、武蔵は打った。夢想のひたいを、である。はためから見ればわずかに、その割り木を夢想のひたいに丁とのせた程度にしかみえない。

が、夢想は激しく転倒した。しばらく起きあがれず、あおむけざまのまま動かず、血の色をうしなった。

「……」

武蔵は、夢想の様子を見た。夢想の呼吸《いき》は粗《あら》くなかった。細く、しかも整っている。夢想権之助は倒れながらも、かつ意識をなかばうしないつつも、その別の意識がかれの呼吸をととのえさせ、武蔵のつぎの攻撃にそなえているようであった。磨きあげたこの男の兵法感覚が、なおも本能のように夢想をそうさせている。武蔵は感嘆した。

「夢想どの。おわった。上へあがられよ」

と、武蔵はいった。

後年、たがいに九州に住んだために、この男とは生涯、武蔵は交誼《こうぎ》をつづけている。

巌流

一

武蔵の生涯で、その宿命的な対決者となった佐佐木小次郎については、武蔵はほとんど知識をもたなかった。

「どこのうまれで、何歳ぐらいの、どういう剣を使う男か」

などは、知らない。むりもなかった。武蔵と佐佐木小次郎とは生誕地もかけ離れており、流儀の点でも無縁で、それぞれ京や江戸を歩いたとしても小次郎は九州において名をあげ武蔵は近畿において名をあげた。それらの点ではともに衝突すべき因縁はない。

武蔵は京にいたころ、すでに小次郎の名はきいていた。小次郎が各地で頻繁《ひんぱん》に試合

をかさね、ことごとくその敵を倒し、

「兵法《ひょうほう》はかの佐佐木こそ日本一」

という評判をとっていたからである。武蔵は兵法歴からいえばやや後輩になる。小次郎が歩いた場所を、武蔵はあとから追っているようなかっこうにもなった。自然、うわさは耳に溜まる。といって正確な知識は、

「流儀の名称は巌流《がんりゅう》という。小次郎自身が創始した流儀で、とほうもなく長い太刀《たち》をつかうのが特徴である」

というぐらいのものであった。武蔵はさほどの関心もなかった。関心をもつほどの因縁もない。

武蔵は各地を転々としつつ江戸へ近づいているころ、

「佐佐木小次郎が細川家に召しかかえられた」

というううわさをきいた。

これが両者の因縁になった。なぜ因縁なのか、すこし古いところにさかのぼらねばならない。

関ケ原にもどる。

関ケ原においては、武蔵は郷党の新免衆《しんめんしゅう》とともに西軍の宇喜多中納言秀家《うきたちゅうなごんひでいえ》に属し、このために敗亡した。

敗残の新免衆とともに戦場を漂っているうち、結局、大坂へ逃げることになった。その潰走《かいそう》途中、智恵者が、

「九州へゆこう」

と、すさまじいことをいった。なるほど関ケ原戦では西軍は負け、戦いはおわった。しかし九州はつづいている。徳川方、石田方にわかれて九州各地に硝煙が満ちていた。

――九州へゆこう。

ということになった新免武士団のおかしさは、九州では徳川方につこうということにきめたことであった。作州《さくしゅう》・播州《ばんしゅう》の土豪武士団である新免衆にとっては天下の政論・政治の正義などはどうでもよく、勝つほうにつけばよい。かれら下層武士にとって重要なのは軍功と戦闘技術である。

「九州では黒田家を頼ろう」

ということになった。そこで大坂で軍用行李《こうり》の金銀をはたいて船をやとい、一同それに乗って瀬戸内海を西へ航走した。むろん、十代の武蔵も最下級の一員としてこの船に乗っている。

「黒田氏に頼る」

というのは、それ以外に考えられぬほどの名案であった。なぜならば戦国中期までは新免家も、黒田家も、播州の統一大名である三木城の別所氏に属していたからである。いわばおなじ土壌で育った武士であった。

織田信長が中央で勢力を得、羽柴秀吉を派遣して播州の三木氏をほろぼした。これより早い時期に新免家は備前岡山の宇喜多家に属しており、この宇喜多家が織田系になったため、織田・豊臣時代に生きることができた。

一方、黒田氏の当主官兵衛《かんべえ》(如水《じょすい》)は姫路の小城主から身をおこし、攻撃側の羽柴秀吉に接近し、その謀臣になり、逆に三木氏をほろぼす側に立ち、これが官兵衛を世に出した。ひきつづき秀吉をたすけてその天下統一のためのあらゆる軍略に参加したため、秀吉が天下をとるや、一介の田舎侍の身から一躍大名になった。播州としては出世頭というべきであろう。

「如水どのなら、粗略になさらぬであろう」

敗残の新免衆は、みなおもった。如水は人情家として知られているし、むかしの縁につながる者に対してはとくに手厚い。

それに、如水は人手がほしい。黒田家は若い当主の長政が家臣のほとんどをひきいて関ケ原における主力戦に参加している関係上、国もとの九州には兵がない。隠居の如水は牢人《ろうにん》や野武士のたぐいを金銀でかきあつめてその雑軍をひきいて戦っているという。なにぶん合戦にかけては名人ともいうべき老人であり、この雑軍をもって如水は九州における石田方と戦い、連戦連勝の小気味よいいくさをつづけているという。

それを頼った。

豊前《ぶぜん》（大分県の北部）に上陸して中津城に如水をたずねると、

「やあなつかしや、新免衆か。わが故郷《さと》のにおいがするわ」

と如水はこころよく牢人集団のなかに加えてくれた。如水は、肥後の加藤清正と協同して九州を平らげようとしている。平らげたあとは、九州兵をひきいて中央に臨み、あわよくば天下を争おうとひそかに思っていた。如水の観測では中央の乱は長びき、ふたたび戦国にもどるであろうということであったが、ところが関ケ原の一日の戦いで家康の天下が決してしまった。これには如水は失望した。

新免衆が参加したときには、九州平定戦もあらかた終っていた。やがて終了した。

家康は諸大名の論功行賞《ろんこうこうしょう》を行うにあたって、如水の息子、黒田長政を豊前中津から大きく行賞し、筑前福岡五十二万石という大封《たいほう》に封じた。しかし隠居の如水に対しては一坪の土地もやらなかった。家康の側近でそれを不審がると、家康は、

「やる必要はない。あの爺めはなにをもくろんで働いたか、知れたものではない」

といった。その言葉が、如水の耳に入ったが、如水は苦笑しただけであった。まったく図星《ずぼし》だったに相違ない。

哀れをみたのは、如水に狩りあつめられた牢人衆である。如水が領土をもらわなかった以上、ここで去らねばならない。

「まあ、骨折り損だとあきらめてくれ。しかし軍功格別な者は、息子（長政）にたのんで取り立ててやろう」

と言い、そのとおりにした。新免衆は戦争末期に参加したためにほとんど軍功というものがない。

「しかし、気の毒である」

と如水は言い、新免家の当主新免宇右衛門に対し、三千石をあたえた。この三千石の範囲で新免衆を吸収することにした。

洩れた者もある。

武蔵も、そうであった。武蔵はもともと新免家についてすら帰り新参なのである。選に洩れるのは当然であった。

「わしはいい」

と、武蔵はすすんで身をひいた。黒田家の家臣新免氏の、そのまた家来（陪臣《ばいしん》）に甘んずるには武蔵はあまりにも自分を高く買いすぎていたであろう。それに兵法修業という野望がある。野《や》に去るのが、武蔵にすれば自分にもっとも忠実な道であった。

武蔵は、去った。

以下は選に洩れた連中のその後の事どもである。これが、佐佐木小次郎と武蔵の因縁を醞醸《うんじょう》してゆく。

洩れた連中のうち六人は豊前にとどまり、そのまま地つき牢人になった。やがて豊《ぶん》後《ご》・豊前のあたらしい国持《くにもち》として細川氏がやってきた。細川氏の当主忠興《ただおき》は関ケ原で大いに徳川氏のために働いたため、それまでの丹後宮津十数万石から一躍三十余万石になり、この九州に移され、小倉に城をきずいた。六人の新免牢人も、小倉城下に移った。城下にさえ住めばいつかは陽の目をみるときもくるであろうとおもったのである。

「城下に、奇妙な牢人がいる」

というのが評判になった。かれらは一ツ家（あばらやだが）に住み、共同で馬のわらじを作り、それで辛うじて食っている。その貧のすさまじさは目をそむけるほどであったが、その挙措《きょそ》はどこか品があり、面魂《つらだましい》はすぐれ、気骨ありげである。城下では

いつのほどか、

「新免六人衆」

とよぶようになった。このうわさが、城主細川忠興の耳に入った。忠興は加増早々であり、新規の家来を召しかかえなければならない。取り立てよう、といった。

「それはよき御思案でございます。かれらならば御損《ごそん》にはなりますまい」

と、側近もいった。しかし気がかりなのは彼等の貧窮ぶりである。お城に召し出すについても衣服をもっておりましょうか、と側近がいった。

「支度金でも差しくだしましょうか」

「まあよい、見ていよう」

と、忠興はいった。忠興にはそれなりに考えがあったらしく、日を決め、その日を待った。やがて登城してきた六人の新免衆はいずれも見ちがえるほどにつややかな衣装を身につけており、一座の目を見はらせた。貧窮のなかにもそれだけの用意をしていたのであろう。

「さすがである。なまじい支度金などをくだせば、当方が恥をかくところであった」

と、忠興はいった。忠興はかれらを一人につき二百石で召しかかえることにした。

その六人の名は、

内海《うつみ》孫兵衛、安積《あつみ》小四郎
香山《こうやま》半平太、船曳杢右衛門《ふなひきもくえもん》
井戸《いど》亀右衛門、木南《きなみ》加賀右衛門

であり、いずれも骨柄よく、細川家家中《かちゆう》では評判の侍たちになった。かれらがすぐれていたため、細川家では、

「牢人を召しかかえるなら、新免衆がいい」

ということになり、おいおい、この六人の縁につながってやってくる新免牢人を取りたててゆくうちにその人数はだいぶふえた。細川家ではそれら旧新免侍を、筆頭家老の長岡佐渡《ながおかさど》の配下に属せしめた。後年、武蔵の後援者として長岡佐渡が大いにはたらくのは、ひとつは右の事情による。

二

武蔵は、江戸にいる。

江戸に知人のすくないかれとしては、細川家の江戸屋敷がなによりの頼りになった。この屋敷には郷党の知人が多い。

右の六人衆のひとり内海孫兵衛も江戸詰になっている。孫兵衛はことさら武蔵を大切にし、

「この御屋敷にくるのは実家《さと》にもどるつもりで来《こ》よ。旧新免者《もの》は一ツ血であり、粗略にせぬぞ」

と、武蔵がやってくるたびにいった。孫兵衛をはじめ新免衆の側でも武蔵の高名をありがたくおもっていた。自分たちのような新免衆のなかから武蔵のような無類の兵《ひょう》法者《ほうしゃ》を出したことは、新免衆ぜんたいの武名を高めたようなものであり、家中でも鼻が高い。

「どれだけおぬしのために肩身がひろいか」

と、孫兵衛はいつもいった。むろん孫兵衛たちは家中でも武蔵のことを吹きすぎるほどに吹聴《ふいちょう》した。

「わが郷党の宮本武蔵こそ日本一である」

と、かれらはいった。

この吹聴は当然ながら、佐佐木小次郎の存在に触れざるを得ないであろう。なにしろ小次郎は国許《くにもと》小倉において新規に御召しかかえになった兵法御指南役である。しかもその評判は、

「日本一」

　ということになっている。事実、九州で小次郎に及ぶ者がなく、北は筑前から南は薩摩にいたるまで小次郎の一剣でおさえられてしまっている。しかも小次郎にいわせれば天下の剣壇はことごとくかれの剣の下にひれ伏し、

　——自分こそ日本一である。

　ということであった。それにつき、新免衆は大いに嘲笑した。

「武蔵にはかなわぬ」

　と、かれらはいった。この声が大きくなればなるほど、細川家中では佐佐木小次郎と宮本武蔵を秤《はかり》にかけようとする言説が横行し、国もとにいる筆頭家老の長岡佐渡までが、

「はて、どちらがどうか」

　と言いだすまでになった。佐渡は新免衆の支配であるところから、当然武蔵に（まだ会ったことがないが）ひいきしているらしい。

　が、武蔵には興味がない。

（すでに大名に召しかかえられている者を倒したところで何になろう）

　武蔵は、細川家程度の大名に仕える気はすこしもなかった。かれの世俗的な望みは

もっと高く、その点で内海孫兵衛が、

「どうだ、御当家に仕えぬか。なるかならぬかはべつとして折角の骨は折るが」

と、ときどき言うが、武蔵はそっぽをむいたきり返事もしたことがない。そういう気持でいるのに、いま小次郎と試合をすればいかにも仕官を望んでいるようで片腹痛く、ばかばかしくおもえる。

が、内海孫兵衛らは、武蔵が小次郎を倒してくれることを望んだ。ひとつには新免衆の評価がいよいよ高まることでもあり、ひとつは理屈を離れた郷党意識といってもい。

この時期、まだ慶長十年代のなかばをすぎたころで、大坂にはなお秀頼がいる。いわゆる大坂ノ陣は数年後のことであり、江戸の府《ふ》といっても、

「武州豊島郡《としまごおり》江戸」

といったほうが気分が出そうなほどの草深さを残している。むろん江戸城の城域は拡張されつつあり、諸大名の屋敷もほぼその景観をととのえつつあった。

細川家の江戸屋敷は、和田倉門の御堀のうちにある。後年ほどには大きくない。

そこへ武蔵はよく遊びにゆくのだが、ある日、内海孫兵衛を訪ねると、

「やあ、武蔵、待っていた。よきことがあるぞ」

と、いきなり言った。筆頭家老の長岡佐渡が国許から出府しておられる、という。

「ぜひ、お会いいせい。ひきあわせる」

と、孫兵衛はいった。武蔵は迷惑だった。しかし内海孫兵衛は渾身の親切さで、

「佐渡どのも、会いたがっておられるのだ。おぬしについてはいつもわしから申しあげてある。これほどの機会《おり》はめったにない」

「さあ、それは」

武蔵は、気が乗らなかった。しかし孫兵衛は容赦がない。

「武蔵、おどろけ。佐渡どのはおぬしの亡父無二斎《むにさい》の名も存じておられたぞ。なんという因縁であろう」

武蔵は、わずかに表情を動かした。

じつのところ、長岡佐渡守《さどのかみ》康之ほど諸大名の家中で高名な武将はない。この点で、武蔵は生ける戦国といっていいその老将には興味があった。

姓は長岡というが、これは細川家の別姓を拝領したものであり、実際の姓は松井である。維新後、この家は松井姓にもどった。佐渡守は、齢は六十を二つ三つこえている。

尋常の出自《しゅつじ》ではなく、もとは足利《あしかが》家の幕臣であった。いまの京都府下松井村の地頭《じとう》

である。細川家の隠居の幽斎《ゆうさい》も足利家における将軍側近であったし、この主従はもとは同僚であった。幽斎は藤孝といった若いころ、足利義輝に仕え、義輝が殺されてからは義昭を擁《よう》し、幕府再興に奔走した。その奔走中に長岡（松井）佐渡は、

「あなたに兄事《けいじ》しましょう」

といって幽斎をたすけて活躍し、幽斎がその後織田家の大名になってからは主従になり家老になった。豊臣期にはすでに、

「天下の三家老」

といわれ、上杉家の直江山城守《なおえやましろのかみ》、石田家の島左近とならび称された。

秀吉はこの佐渡によほど魅力を覚えたらしく、

「わしの直参《じきさん》大名にならぬか。なるならば石見《いわみ》半国をつかわすが」

とまでいったほどであった。佐渡守は即座にことわったということで、いよいよその評判が高くなった。豊臣期には大名の家老でありながら朝臣《ちょうしん》に列せられ、従五位下《じゅごいのげ》佐渡守に任じた。細川家における禄高は二万六千石であり、すでに徳川期になったこんにちでも、幕府はこの佐渡に対し大名に準ずる礼遇をしている。それほどの人物である。その佐渡が、武蔵の父の無二斎を知っているという。

「なぜ、存じておられるのであろう」

「いやさ、それがおもしろい」

宮本無二斎が足利将軍家の二条御所で演武をしたとき、その案内役を、当時将軍の小姓《こしょう》であった佐渡がつとめたという。

「本当か」

「なにぶん遠い過去《むかし》のことだが、かすかに記憶に残っている、と申される。それだけに武蔵を他所他所《よそよそ》の者とはおもえぬ、とおおせられるのだ」

だから会え、と孫兵衛はくどく言った。しかし武蔵は煮えきらなかった。

「考えておこう」

なぜならばもし佐渡に会えば佐佐木のことが話題になる。話題になれば当然、

——試合《しあ》ってみよ。

ということになるであろう。そうなれば兵法者として断るわけにはいかない。考えてみる、といったのはそのことであり、武蔵の思慮はつねにそこまで及んでいる。この思慮ぶかさが、ときにこの男を奸物にさえ見せるようであった。

武蔵にすれば佐佐木小次郎についてなんの知識ももたぬいま、軽々に佐渡に会えないのである。知識をもち、考え、「勝てる」という確信がついてこそ、武蔵は佐渡に会うことができるであろう。

「ところで」

と、武蔵はなにげなく話題を変えた。

「その佐佐木という兵法使いは、どのような男なのか。孫兵衛どのはなにか存じておられるか」

燕を斬ること

一

この項は、佐佐木小次郎に触れねばならない。その生国《しょうこく》は、越前（福井県）である。

その剣の師は、中条流《ちゅうじょうりゅう》の富田《とだ》氏であった。この富田氏というのは北陸道を圧する兵法《ひょうほう》の名家であったが、小次郎を語る前にまずこの北方の剣について触れるべきであろう。

富田氏の家系では、

富田勢源《せいげん》

というひとがもっとも高名である。元来、富田氏はただの家ではなく、越前で千人ほどを動かす小名《しょうみょう》の家であった。勢源はいわば殿さまであったのだが、兵法に憑《つ》かれ、家督を弟にゆずってこれに研鑽《けんさん》した。

「自分は生涯において二度しか試合をしたことがない」

というのが、口ぐせであった。かれが道統《どうとう》を継いだ中条流は試合を禁じていたからである。ついでながらこの中条流は小太刀《こだち》であった。刀でいえば、脇差《わきざし》をつかう。いわば短剣術である。

この中条流は、室町の中期、京の幕臣がはじめた流儀で、貴族の剣というべきであろう。だから殿中の格闘に役に立つ。富田勢源がいうのに、

「殿中で烏帽子《えぼし》長袴《ながばかま》の礼装をしているときでも白刃《はくじん》をもって襲われるかもしれない。そのときは小刀《ちいさがたな》しか帯びておらぬ。それを抜いて長大な剣と撃ち合い、それにうち勝つこそ、真の武芸者である」

ということであった。

——試合は生涯に二度。

というが、そのうちの一度は勢源にとっては記録的な試合で、年月日もはっきりしている。永禄三年七月二十三日であった。

場所は美濃《みの》（岐阜県）である。永禄三年といえば織田信長のまだ若いころで、この年の五月に信長は桶狭間《おけはざま》の戦いをしている。その信長の隣国が美濃であった。

美濃の国主は斎藤氏であり、高名な斎藤道三《どうさん》は数年前にその義子《ぎし》義竜《よしたつ》のために謀殺されている。このため、富田勢源が美濃に足をとどめた当時は、斎藤義竜の時代であった。

「富田勢源がきているなら、ぜひ見たい」

と、国主の義竜はいった。それほどこの当時の勢源は世に知られていた。

この義竜という人物は類のない体格で、身長は六尺五寸、体重は三十貫、力は十人力と言い、義父の道三から、

——ばけもの

とあだなされたほどに異様である。武芸を好み、ことに当時の新興技術である兵法には目がなかった。このため戦国武将としてはめずらしく兵法指南役を召しかかえている。

それが梅津某である。

関東の鹿島《かしま》のひとで、関東、東海道の剣客はことごとく降《くだ》した、と豪語しており、その言動は驕慢《きょうまん》で、家中《かちゅう》でも好かれておらず、

「あのような獣《けもの》を飼われるとは、お屋形《やかた》さまもお物好きなことよ」

という者さえあった。

試合のいきさつのそもそものはじめは、この梅津から勢源入道に申し入れたのである。

「世に有名な中条流小太刀というものを自分は知らない。ぜひ拝見したい」

という口上であった。勢源はとりあわず、

「自分はこのように頭をまるめて法体《ほったい》をしており、試合など、気がすすまない。それに中条流では他流試合というものがない。もしわが流儀をご覧ありたければ越前へゆかれよ」

と、ことわった。このため梅津は大いに広言してまわり、

「思ったとおりだ。勢源はわしに対して自信がないのだ。だいたい小太刀が太刀に勝てるはずがない」

と、さんざんに吹聴《ふいちょう》した。その声が、国主の斎藤義竜の耳に入った。義竜は勢源をよび、

「わしが所望である。ぜひ試合をせよ」

と、せがむように要請した。この当時、勢源の主家である越前朝倉家とこの美濃斎藤家は同盟関係にあり、このため勢源はことわれず、ついに承知した。

試合の日どり、場所がきめられた。梅津某は斎藤家一門の大原家を支度所とした。

試合の前夜から、

――梅津は湯がかりをして神に祈った。

という。湯がかりとは湯浴《ゆあみ》のことであるが、そうではなく湯殿《ゆどの》で水をかぶってみそぎのようなことをしたらしい。祝詞《のりと》をあげ、拳《こぶし》をふるわせて神に祈った。初期の兵法は関東の鹿島の神主からおこったために、のちには禅にむすびつくこの体技もはじめはひどく神道くさいものであるようだった。

富田勢源はそれをきき、

「心境ができておれば、わざわざ声をふるわせて神に祈らずともよかりそうなものであるのに」

と、他の支度所でつぶやいた。勢源の支度所は越前朝倉家の縁者で美濃斎藤家の客将になっている成就坊《じょうじゅぼう》という名の僧形《そうぎょう》の者の屋敷であった。

試合の場所は、斎藤家の家老の武藤淡路守《あわじのかみ》の邸内とされた。国主から検使も出張する。いわば公式という以上に大がかりな試合になった。刻限は辰《たつ》ノ刻（朝八時）とされた。

勢源がその試合場にのぞむと、検使の者が、

「梅津が白刃をもって勝負したいと申しておりますが、いかがつかまつりましょう」

と、意向をきいてきた。勢源はうなずき、

「結構です。しかし拙者はこれでよい」

と、そのあたりで拾ったらしい樹皮のついた棒をみせた。どうみても一尺二、三寸そこそこの短さである。

勢源がそういう態度に出たため、梅津もやむなく木刀を用いることにした。梅津に、あせりがみえた。梅津が用意した木刀というのは三尺四、五寸ほどの長いもので、それを八角に削ってある。その木刀を錦の袋に入れ、弟子にもたせ、試合場に出た。

ゆるぎ出た、と形容したいほどの大男で、小男の勢源にくらべると、一見して梅津のほうに利がありそうであった。梅津の服装はそら色の小袖に木綿の袴である。木綿がまだ稀少な繊維だったころだから、これは梅津の伊達《だて》というべきであろう。

勢源は、柳色の小袖に、半袴《はんばかま》をうがっていた。その柳色にふさわしく勢源は土を踏むにしても手をふるにしても、ひどくしなやかであった。

試合がはじまった。

ふつう、兵法の試合は一合《いちごう》か二合ですむことが多いが、この試合はひどく太刀数がかかった。富田勢源は梅津の撃ち込みを戞々《かつかつ》と受けていたが、やがてどう動いたのか、瞬時の差で梅津が不利になった。まず梅津は小鬢《こびん》を打たれた。血が流れた。参った、というべきところを、梅津はさらに闘ったため、二ノ腕とあたまを撃たれ、流血が半顔をあかあかと染めたが、なおもやめない。異常な気力であった。

勢源は梅津の太刀をいなしつつ、やがて、梅津のきき腕をかるく撃った。この打撃で梅津は平衡《へいこう》をうしない、地に前歯を突きさすようにして倒れた。倒れつつも勢源の脚をはらった。勢源はわずかに跳び、目にもとまらぬ速さで梅津の頭上に小太刀を置いた。そのうえでかるく撃った。これが、梅津の意識をうしなわせた。梅津は砂上に長くなった。

富田勢源は北陸の名家の出だけに長者の風《ふう》がある。ついに相手を殺さなかった。だけでなくこの試合がおわってから梅津の門人に襲撃される危険を避け、美濃を離れてしまっている。

佐佐木小次郎はこの富田勢源の弟子であるという。同時代のひとでさえ、

「小次郎は北陸の勢源の弟子だ」

といっていた。しかし富田勢源は織田信長の若い時代のひとであり、徳川初期の佐佐木小次郎とは時代がちがう。

そこは大らかな時代なのである。伝聞が、人の口から耳へつたわる以外に方法がなかったこの時代としては、北陸といえば富田勢源であるとし、勢源がすでに歴史上の

人物になっていることを世間はついうっかりするのであろう。もし小次郎が勢源の弟子なら七十歳前後の老人でなければなるまい。が、かといって「小次郎は勢源の弟子である」ということも、まるっきりのうそでもない。

二

小次郎は、越前国一乗谷《いちじようだに》浄教寺村のひとである。ここは富田氏の発祥地であり、富田氏は越前国主の朝倉氏が織田氏にほろぼされる前後に織田家の部将前田利家につかえ、豊臣期をへて徳川期になると、その石高は一万三千六百石という大名級の高禄を受けることになった。もともとが地方豪族であったために、先祖からの持高《もちだか》が大きかったせいであり、兵法のためではない。豊臣・徳川初期にはこの家系から富田越後《えちごの》守《かみ》重政という達人が出ており、世人は、

「名人越後」

とあだなして尊崇した。ついでながらこの富田氏はとっくに越前にはおらず、前田氏とともに加賀に移ってしまっている。

その故郷の越前一乗谷浄教寺には縁者が土着し、ふるい屋敷と道場をまもり、勢源

以来の兵法の道統をまもっていた。佐佐木小次郎というこの村出身の若者はこの縁者から流儀をまなんだ。このため勢源からみれば孫弟子ぐらいになるであろう。

年若くして天才の評判が高かった。

「おまえは、わが打太刀《うちだち》をつとめよ」

と、早くから師匠にいわれている。師匠の形稽古《かたげいこ》のときの相手をつとめることであり、この一事からしても小次郎の腕は尋常なものではない。

形稽古は、打太刀と仕太刀《しだち》の二人でやる。

――やっ

と打太刀が撃ちこむと、仕太刀が、

――とう

と、応ずる。仕太刀である師匠は、当然ながらこの流儀の小太刀をもつ。一尺五寸ほどのみじかいものであった。

打太刀の小次郎は「敵」であるため、長大な木刀をもつ。

小次郎という人間のおもしろさは小太刀の流儀を学びつつも、師匠自身の稽古のために長い太刀をもたされることによってかんじんの小太刀以上に長い太刀に習熟し、その極意を自得してしまったことであった。

（小太刀の兵法というのはむりがある。やはり太刀は長いほうが自然ではないか）

と、おもった。

さらに研究した。むろん、師匠には内密である。その研鑽のすえ、

（小太刀はまちがっている）

とさえおもうようになった。小次郎が到達した結論は、太刀は使い手の肉体的条件がゆるすかぎり長ければ長いだけ有利である、ということであった。

この結論に達したころ、もともと自負心のつよいこの若者は、師匠の一族一門に対して傲慢《ごうまん》になり、師匠にさえ不遜《ふそん》な態度を示すようになった。

――独立して一流を拓《ひら》きたい。

とおもった。それが態度に出た。小次郎は同門の長老たちの非難を浴びたが、逆にかれらに挑戦し、長大な木太刀《きだち》をもってかれらを降し、ついには師匠の実弟と勝負し、それをすら手もなく撃ちたおした。このため破門され、かれ自身もそれをよろこび、故郷を脱走して諸国を遊歴した。

諸国の兵法者《ひょうほうしゃ》と試合《しあ》ったが、たれも小次郎の長剣におよぶ者がない。小次郎は尋常以上の、まるで手槍ほどに長い長剣を用いた。あまりに長いため腰に帯びることができず、肩に背負って歩いた。

軀幹《くかん》長大、壮健無類
というのが世間のみた小次郎の印象であった。性格が豪宕《ごうとう》で、接する者をことごとく見くだすふうがあり、ひとも小次郎の前に出ると奇妙なほどに卑屈になった。

服装はどうであろう。めだつことをよろこぶ兵法者のつねとして小次郎もときには華美な、奇矯《ききょう》ないでたちを好んだであろう。吉川英治氏はこの小次郎に元服前の前髪《まえがみ》立《だち》の姿をあたえたが、いかにも同氏の天才的創造といっていい。しかしいかに小次郎でも前髪立ではあるまい。小次郎はのち九州の剣壇を征服し、小倉の細川家に召しかかえられた。大藩の歴《れき》とした上士《じょうし》になった者が、そういう子供の様子をしていてはどうにもならぬであろう。

この諸国遊歴中、小次郎は自分の剣術の奥儀《おうぎ》をひらいた。

かれが命名した、

「虎切刀《こせっとう》」

という妙技がその奥儀の中心になっている。

虎切刀は、世間では「燕《つばめ》切り」とか「燕返し」といわれた。

あるとき小次郎は渓谷を行き、その磧《かわら》に立った。燕が飛来してくる。

そこに橋があり、燕の群れは水面をかすめ、橋の下をくぐっては飛来し、さらに翻《ほん》転《てん》してもどってゆく。

（あれが斬れるか）

と、小次郎はみずからの剣を飛燕で試そうとした。最初は何度か失敗した。が、すぐ会得《えとく》した。

燕を斬るには、太刀の尋常一様でないすばやさが——言うまでもないことだが——必要であろう。しかしそれだけでは斬れない。斬れてもまぐれにすぎない。燕を斬るには、

太刀をやる

逃がす

という動作でおわらず、燕が避けてヒョイと身をひるがえしたその行方《ゆくえ》を見る目がなければならない。燕が身をひるがえしたその空間で斬る。その空間で斬るには、最初に電発した太刀をおさめることなく、太刀の終止点からふたたび電発させて斬る。これは物理的にはほとんど不可能に近いが、小次郎の習練はかれにそれを会得させた。かれはその背負っている長大な太刀を物干竿《ものほしざお》と名づけている。燕が飛来するや、電光のような速さでその太刀を抜き、抜いた太刀筋のままに一羽を斬り、はねあげてさらに一羽を斬り、さらに横に払って一羽を斬るすさまじさは、鬼神の業《わざ》としか言いよ

うがない。

かれはこの「虎切刀」を完成したとき、その創始した兵法流儀を、「巌流《がんりゅう》」

と名づけた。渓流の巌《いわお》のあいだで得た極意であるからであろう。

かといって、この奇術めいた技《わざ》そのものを小次郎は誇りとしたわけではない。それならばかれの兵法は曲芸とかわらない。かれはその曲芸そのものが目的ではなかった。

小次郎の兵法の基礎は、前記の中条流である。中条流では兵法の極意を、

——太刀ゆきの速さ

としている。太刀の速度、太刀が敵の肉体へとどく速度、それが迅速《じんそく》であればあるほどいいとし、それを第一に尊ぶ。太刀が敵よりも速ければ敵は為すところなく斃《たお》れるというのであり、この兵法思想の根本であった。

小次郎もその思想を遵奉《じゅんぽう》した。その太刀ゆきの速さを鍛練するために燕を斬るのであり、燕を斬ることが目的ではない。

武蔵はそれらのはなしを内海《うつみ》孫兵衛から聞き、この太刀ゆきのはやさというくだりに至ったとき、

(それはちがう)

と武蔵はおもった。

武蔵の兵法思想では太刀ゆきの速さなどはそれほどに重視しない。なるほど速いに越したことはないが、しかし兵法は太刀ゆきの速さに尽きるというのはどうであろう。武蔵の兵法は、燕斬りでいえば素早く燕を斬るという反射運動よりも、むしろ燕への凝視に終始する。燕がひるがえる。ひるがえってどういう姿勢をとり、どう逃げ、どう滑空するか、ということを一瞬で見さだめ、変転する燕の変態を、変態のつど、変態ごとに斬りうるというものであり、その思想からゆけばときに太刀はゆるやかでもよい。むしろゆるやかなほうがいい場合が多いであろう。この点、兵法思想からみれば武蔵と小次郎は対立する両極であり、武蔵が、

(その男に勝てるかもしれない)

と最初におもったのは、この話をきいてからであった。

京の日々

一

武蔵は、細川家家士《かし》内海《うつみ》孫兵衛の前にすわっている。武蔵は正座を好み、膝をくずさず、数時間のあいだ、かすかでも膝を動かすことのない男で、このときもそのようであった。

「どうかな」

このかつて新免《しんめん》家でともに侍帳に名をつらねたことのある同郷の者はいった。

「そうなれば」

と、孫兵衛はいう。

「われら細川家における新免者の肩身がどれだけひろくなることだろう」

そうなれば——というのは武蔵が佐佐木小次郎との試合をひきうけてくれればということである。武蔵はこの対話のなかで何度かその言葉をきいた。聞くつど、それを不愉快とした。

「二度と言うな」

怒気をおさえ、わざと眠そうな顔でいった。

「わしの兵法《ひょうほう》はそのようなことのためにあるのではない」

「わかっている」

孫兵衛はうろたえた。

「百もわかっている。これは同じ作州《さくしゅう》にうまれ、同じ新免の禄を食《は》み、同じ旗のもとに関ケ原の戦場を往来した者の、旧知の甘えでいっているのだ。わしの甘えをゆるしてもらわねばならない」

「いつかは九州へくだる」

武蔵は、すでに小次郎との試合を決意していた。しかし、明言しない。

「小倉の御城下も立ち寄るだろう。もしそうなれば、巌流《がんりゅう》という兵法もみたい」

「見たい、とは試合《しあ》うということか」

「言葉のとおりだ」

「なるほど」

内海孫兵衛は、よろこんだ。いまの武蔵のことばをそのまま小倉の新免者たちに伝えれば、かれらはどれほどよろこぶであろう。佐佐木小次郎の存在が大きいだけに、細川家中《かちゅう》の話題がこれの一事で沸《わ》きたつのではないか。

（しかし、武蔵はいつ九州へ下向《げこう》するのであろう）

その点を、武蔵はいわない。すぐにか、それとも十年さきのことなのか、と孫兵衛はいらだったが、しかし念を押せば武蔵の気色《きしよく》が変るとおもい、それを怖れ、そのことにはわざと触れなかった。

しかし武蔵はほどなく江戸を去った。孫兵衛は、あるいは九州へ下向するのかとひそかに思ったが、武蔵自身はその行く先をどの知人にも告げていない。

武蔵は、京にあらわれた。

この男は、京が好きなのである。ひとつにはこの都にはかれの好む絵画や彫刻のすぐれたものが多いということもあるであろう。しかしそれよりもかれにとって京が重要なのは、この都が臨済禅《りんざいぜん》の淵叢《えんそう》であることだった。武蔵は、禅に関心をもっていた。

京での宿に、武蔵は昔とちがい、すでにこまらなくなっている。江戸で知りあった板倉伊賀守《いがのかみ》の家来黒沢瀬兵衛という者が、

「京にのぼられたら、お宿をつかまつりましょう」

と言ってくれていた。武蔵は京に入ると、まっすぐに二条神泉苑《しんせんえん》のそばにある所司《しょし》代《だい》屋敷にかれをたずねた。

「ようお訪ねくだされた。何カ月でもお泊まりくだされ」

と、黒沢瀬兵衛は、まるで王侯を客にしたような騒ぎようで武蔵を歓待した。武蔵はこのころ二十代の後半を過ぎた年齢だが、それほどまでにかれの名声があがっていた。黒沢瀬兵衛にすれば武蔵を家の客にするほどうれしいことはないであろう。

——武蔵をわが屋敷に泊めている。

となれば、黒沢瀬兵衛とは武蔵と昵懇《じっこん》なほどの武辺《ぶへん》好きかと世間もおもい、家中もおもい、主君の板倉伊賀守勝重もそう思うにちがいない。

「お身まわりの世話をさせるために、下僕ひとりをつけましょう」

などと瀬兵衛は下にもおかぬもてなしをした。

——武蔵一生に福力《ふくりき》あり。

というのは、世間が武蔵をこのように遇することにも、その機微のひとつがあったかとおもわれる。

武蔵はこの当時のことばでいう、

「徳人《とくじん》」

であった。

単に剣名のみ高い兵法者《ひょうほうしゃ》というだけでは、世間はこのように待遇するかどうか。当時兵法使いといえば人柄が下品《げぼん》で世間との調和性がなく、それに自己宣伝家が多く、健康な武家階級の者の感覚からいえばつきあいきれぬ手合いが多かったが、武蔵はこの点でもちがっていた。どこか別な印象をあたえる。

　たとえばかれは兵法を技術と見ず、

「道《どう》」

とみていた。道というのは、別な表現でいえば思想体系であろう。兵法を思想と考え、その思想を言葉で表現するのに、かれはこの当時の武士にはめずらしく多少の文字があったがためにそれらの漢籍や仏典の哲学的語彙《ごい》をつかって抽象的な思考を思いめぐらせ、それをひとにも語るのがすきでもあった。

　思想表現といっても、結局は、自他に対する説教になる。説教とはいえ、この当時の一般の教養水準からいえばそれだけですでにかがやけるものであった。

　ちなみに、豊臣期までの武士のあいだでは、教養が流行していない。豊臣期の末期ごろから、ややそのキザシが見えはじめた。豊臣家大老の前田利家は晩年になって

「論語」の講釈をきいて感嘆し、加藤清正にもそれをすすめた。清正も学者をよんできいたところ大いに思いを深くし、

「なぜこういうものを早くきかなかったか」

と、そのような表現で感心したという。豊臣末期には藤原惺窩《ふじわらせいか》という学者があられ唐服を着てあるいた。この豊臣末期では、たれの給与もうけずに学問だけで生計を営んでいたのは藤原惺窩ひとりであったであろう。惺窩は、ほうぼうの諸侯によばれて講釈をし、大名のあいだでの学問流行のモトをつくった。関ケ原の勝利で徳川政権が興ると、家康は惺窩を江戸へまねき、

――将軍でさえ、学者の講釈をきくのか。

と、世間をおどろかせた。この前時代の主権者である豊臣秀吉にも、さらにその前の織田信長にも、そういうことが一度もなかった。

いわば、時代の嗜好《しこう》がそのようにうごきはじめているといっていい。ひとびとはなにごとにつけても抽象的思考法を用いることをよろこびはじめた。

惺窩は、江戸にいる。

武蔵も、このあたらしい時代の若者であった。かれの感受性が時代のふんい気を感じ、兵法をもって単に技術とする従来の考え方に満足しなくなったのは当然であろう。

かれは兵法を、

——道《どう》
という。この言葉がいかに新鮮であったかは、この時代に生きた者でないとわからない。

「瀬兵衛どのの家に、かのひとがいる」

ということは、京都所司代板倉伊賀守家中のすべてにつたわった。ひとびとは、武蔵の兵法談をききにあつまってくる。

武蔵は、他の兵法者のように兵技をみせない。

兵法についてかれ自身が得た抽象的な結論を、わずかずつ語るだけである。かれは単に強者としての尊敬をうけるだけでなく、思想家としての印象をその身辺にあたえはじめていた。かといってかれの思想が、ひとに語れるほどに熟成していたとはとうてい思われない。

かれ自身、この若さではなお途上のひとであり、ただ禅にすがり、禅によって剣を考え、剣理よりもさらにそれ以上の空《くう》の心境にまで自分を深めようとしていた。その禅を知るには京がいい、とこの若者は考えている。

かれは、大徳寺や妙心寺といったふうの臨済禅の諸本山を、しばしば訪ねた。それらを訪ねるには、黒沢瀬兵衛という存在は力強かった。
京都所司代は、幕府の京都における司政長官なのである。その家来の黒沢の口ききならば、どういう僧にも会うことができた。武蔵が黒沢の屋敷に逗留《とうりゅう》した最大の理由は、そういう便利さのためであった。

二

剣と禅は、悟入《ごにゅう》すればともに一つであるということを最初に言いだしたのは、武蔵ではない。武蔵と同時代にもっとも著名だった禅僧沢庵《たくあん》であろう。沢庵は京の宮廷で崇敬をうけ、のち江戸将軍や大名から大いに珍重されるが、武家のうちもっとも早くから沢庵に参禅したのは柳生但馬守宗矩《やぎゅうたじまのかみむねのり》であった。柳生宗矩は大名である一面兵法家でもあり、剣理について沢庵と語るところが多かったであろう。この接触を通じて沢庵は剣を知り、

——剣禅は一如《いちにょ》である。

と言いはじめたようである。沢庵はのちに柳生宗矩のために剣を禅によって説いた「不動智神妙録《ふどうちしんみょうろく》」をあらわし、宗矩に贈った。

が、野の一介の兵法者である武蔵とは接触はない。生涯なかった。武蔵が、剣と禅のつながりについて強烈な関心をもったのは、はじめて江戸にくだってからであろう。江戸では柳生流の話題が多い。当然、柳生宗矩における禅のことを聞く機会が多く、その話題は、禅的体質の武蔵にとって聞きのがせぬものであったに相違ない。

その関心を蔵しつつ、武蔵は京にやってきている。

禅では、空《くう》という。空の境地の初歩は我執《がしゅう》を去ることであり、兵法にあっては勝とうと思う我執をすてねばならない。ついで我執をおこす我《われ》を捨てねばならない。さらに我を捨てようと思う我を捨て、さらには仏法によって捨てようとするその仏法をすて、すべてを捨てきって否定の底に墜落したときにはじめて真実の世界がひらけるというものであり、それだけにこの道は容易なものではなく、古来、高名の僧のうち何人の者がこの境地に至れたか、きわめてわずかであるにちがいない。

ちなみに、剣における禅の位置は江戸も末期のころになると大いに薄れ、たとえば、近代剣術の組織者である千葉周作などにほとんどその翳《かげ》がない。

もっとも、周作と同時代の剣客に上州高崎藩の寺田宗有《てらだそうゆう》（五郎右衛門）というひとがある。宗有は小野派一刀流から出て同流の中西派に転じ、三転して天真一刀流をひ

らき、組太刀《くみだち》では天下無敵といわれた。狂気といっていいほどの修業熱心で、この狂気は晩年まで衰えず、

——おれの木刀から火が出る。

というのが一つのせりふであり、事実、同時代人のなかではこの宗有がもっとも強かったようにおもわれる。周作にとっては中西派道場での兄弟子にあたるが、どうやら実技では宗有に及ばなかったようであった。あるとき、これも天下屈指といわれた白井亨《しらいとおる》という剣客が、

——私はあなたと技倆は互角だとおもっているのだが、いざ試合になるととても勝てない。なぜあなたは強いのか。

という素朴な質問を発したところ、宗有はすこし考え、

——禅だな。

と、いった。宗有によれば技術には所詮《しょせん》は限界がある。心境は無限である、というのである。宗有は東嶺和尚《とうれいおしょう》という禅僧について参禅し、のち大悟し、東嶺から、「道業、天真ニ貫通セリ」という印可《いんか》を受けたほどの人物であった。禅だな、といわれても、白井亨も、また白井とともに宗有の弟弟子《おとうとでし》の千葉周作も、ついに禅をやっていない。禅は万人に向くものではなく、禅にはそれに適合した体質があるらしく、かれら

は禅的体質ではなかったのであろう。

武蔵には、それがある。

それがあるために、武蔵は良質の師匠のないままほとんど我流の禅をつづけつつも、その精神は早く禅的世界に溶解した。すくなくともこの時期の京都のころは、禅的発想をもって兵法をとらえようとし、その程度ながらこの世界に接近しつつあった。


さらに武蔵が板倉家に縁を作ってその家来屋敷を宿にしていた理由のいまひとつは、この板倉家が佐佐木小次郎についてまったく無縁ではなかったからである。

小次郎は数年前、京で某と試合をし、某を苦もなく斃《たお》したという。そのときの試合の検分役を、板倉家の家来がつとめたというはなしを武蔵がきいたからであった。

「そのかたはどなたか」

と、武蔵はあるとき、何人かの訪客にむかってきくと、偶然その人物はその訪客の群れのなかにいた。松田某という。

「小次郎、いかがでござった」

と武蔵がきくと、松田は謙虚な人柄であるらしく、

「自分は兵法が好きでありますが、しかし名人の芸を見る眼力がありませぬ。あのと

き両人が対峙《たいじ》しておりました。やがて双方わずかに動きましたが、かといって一合《いちごう》もせず、木刀も触れず、であるのに一方が下顎《したあご》をくだかれ、われらが気づいたときにはすでに斃れておりました。それだけでございます」

という。

「小次郎の構えは、どのように」

「最初は」

中段だったという。そのあと、上段にかわった、という。

(やはり、そうか)

と、武蔵はおもった。江戸で内海孫兵衛に小次郎のことをきいたとき、かれの創始した巌流の太刀のひとつに、

――一心一刀。

という名のものがあるという。例の長大な太刀を構え、上段――といっても真っ向から拝み打ちをするように構えて、しかも動く。前へゆく。用あるかのごとく無きかのごとくツカツカと進む。

間合《まあい》を、紙一重《ひとえ》ばかり残す。

残したまま、上段から拝みうちにその大太刀《おおだち》を大地にむかって打ちおろす。擬刀《ぎとう》で

である。相手はその剣尖《けんせん》の紙一重のむこうにいるため斬られることはないが、驚愕《きょうがく》するであろう。当然、相手に反射がおこり、体が崩《くず》れる。瞬間、小次郎の大太刀は地面にあってキラリと刃を返し、そのまま跳ねあがって相手の顎をくだく、というのである。

「つまり、そのときの試合では」

と、武蔵は木刀をとって庭へとびおり、小次郎のそのときの型を想像で演じてみせた。が、松田某の能力では、認定ができない。

「なにぶん、目もとまらぬ迅《はや》さでござったゆえに。——しかしなんと無《の》う、そのようであったかと思います」

と、松田某はいった。

武蔵は、何度もやってみた。やりはじめると、訪客の存在など、平気で無視した。訪客たちは最初はその武蔵の独り演武をみていたが、やがて時が経ち、日も暮れはじめたため長居をおそれ、足音を忍ばせて座を立ち、一人のこらず辞去してしまった。

(まるで、けれんである)

と、庭上にいる武蔵はおもった。訪客たちのことではなく小次郎のこの「一心一刀」の兵法のことであった。曲芸であろう。

小次郎の流儀の中核といわれる虎切刀《こせつとう》(燕《つばめ》返し)と言い、この一心一刀と言い、すべて技術主義でありすぎる。これによって小次郎の兵法を考えるに、かれは兵法を反射に尽きるとおもっているらしい。反射の精度を高めきったあげく、ちょうど稲妻に枝がわかれるように、さらにその枝から小枝が出、さらにまた小枝が出るようにその技術を考えてゆく。飛燕《ひえん》を斬る。飛燕が身をひるがえす。その燕の翻転《ほんてん》と同時に小次郎の剣も跳ね、燕を斬りおとす。そういう小枝を出すことによって小次郎は相手の意表を衝《つ》き、斃す。技術至上主義というべきであろう。

(どうやら)

と、武蔵はおもった。

(おれとはちがう)

ちがうどころか、小次郎とはまるで対極にいる自分を、このときも武蔵は悟らされた。これが兵法にとってどちらが正しいか、事が兵法であるかぎり、生死を賭けた試合をしてみる以外、証《あか》しようがないようにおもわれた。

小倉

一

「武蔵はちかぢか小倉へゆく」

という旨のことは、細川家江戸詰の内海《うつみ》孫兵衛から、かれの新免衆《しんめんしゅう》なかまである井《い》戸《ど》亀右衛門あてに報《し》らせてある。

「武蔵が九州に下向《げこう》すればかならず貴宅をたずねるだろう。そのときは宿をしてやってもらいたいし、そのうえ、試合の一件、ご家老へのとりなしをくれぐれもよろしく」

と、江戸の内海孫兵衛は国もとの井戸亀右衛門にくわしく書きおくっている。試合の一件とは、佐佐木小次郎への挑戦のことである。

「武蔵は、その気になったか」

と、井戸亀右衛門ら、小倉にいる新免衆たちはよろこんだ。安積《あつみ》小四郎、香山《こうやま》半平太、船曳杢《ふなひきもく》右衛《えもん》門、木南《きなみ》加賀右衛門らであり、かれらは井戸家にあつまって武蔵を迎えるについてのさまざまのうちあわせをした。

「さっそく、このしだいを御家老に」

ということになり、井戸と安積がうちそろって長岡《ながおか》（本姓松井）佐渡《さど》の屋敷をたずねた。この当時、長岡家では、康之という高名な当主が江戸滞在中に病いを得たため隠居をし、子の興長《おきなが》が家督を相続して細川家の国家老をつとめていた。興長は兵法《ひょうほう》ずきであり、それに父の康之と同様佐佐木小次郎に好意をもっていない。それにくわえて新免衆は自分の支配であるため、勢いとして武蔵に最初から肩入れをした。

「その武蔵は、いつ下向するのか」

ときいた。その点については井戸も安積も知らない。

そのうち、一年経った。武蔵の消息は江戸でも小倉でも知れなくなった。京にいるといううわさもあれば、播州《ばんしゅう》姫路に滞在しているという流説《るせつ》もある。

（小倉下向というのは、武蔵のうそか）

と、井戸亀右衛門らはこのことではなはだ失望した。失望しただけでなく家老の長

岡興長に対しても面目をうしなった。興長はかれら新免衆の顔をみるたびに、

——武蔵はまだか。

と、声をひそめてきくのである。家中《かちゅう》ではすでに武蔵下向の一件がうわさとしてひろまっており、興長としても、武蔵が来ぬということで気持のどこかがおちつかない。


年が暮れ、慶長十七年になった。その春、小倉城下の井戸亀右衛門宅の門前にあらわれた巨漢がある。

「もと新免家にてご存じの者」

というのみで、名をあかさない。亀右衛門どのはご在宅でござるか、と慇懃《いんぎん》にいう。門前で応接したのは、老僕の又助という者であった。又助はその男の動物的精気といったようなものに気圧《けお》され、かさねて姓名をきく気力もうせた。

「……」

又助は、無言である。口中がかわき、気が萎《な》え、魂を抜かれた者のようにふらふらと門内に入り、気がつけば中庭にすわっていた。

「ご隠居さま」

と、やっと叫んだ。じつは主人の亀右衛門が不在であり、不在であれば、

──あるじは、不在でござる。

と、門前の訪客にいうべきであったのに、この老僕はそれも言いえず、中庭にまわって亀右衛門の老母をよんだのである。

老母は、縁側まで出てきた。

「どうかしたのか」

と彼女が声をあげたほど、又助の顔が白っぽくゆるみ、目やにが目尻をぬらしていた。

又助から老母は話をきくと、

(それは武蔵どのではないか)

とすぐ察したが、しかし息子の意向もきかずその不在中に訪客を家にあげるわけにいかない。武家の法であり、武蔵もそれを理解してくれるであろうと思い、又助に口上を入念に教えた。亀右衛門不在のこと、夕刻には帰ること、おあげするわけにはいかないこと、ついでながらあなたさまは宮本武蔵どのではござりませぬかときくこと、などであった。

又助は門前にもどり、そのように武蔵に伝えた。武蔵はうなずき、

──これにて待とう。

といった。又助はおどろかざるをえない。ひとの屋敷の門前で待つというのはどういうことであろう。ふたたび門内に入り、亀右衛門老母にその旨を告げ、指図をあおいだ。

「そうか。されば私の一存なれどこれなる縁まで御案内せよ」

老母はいった。

やがて又助は武蔵をともなって中庭へまわり、縁に腰をおろさせた。むろん、丁重に詫びはした。

「主人が帰宅いたしますればなにぶんのごあいさつは致しましょうほどに」

武蔵は、無言でうなずいた。

そこに老母があらわれた。

「ああ」

と、武蔵は縁を離れて立ちあがった。この老母の顔を見おぼえている。

「弁之助どのでありましたな」

と、老母は、武蔵を幼名でよんだ。彼女は武蔵の生家の平田家に何度か来たことがあるために、少年のころの武蔵をおぼえていた。

「どこか、面影が残っています」

と、老母は刺すような目で武蔵をのぞきこんだのは、懐かしさのあまりそういう表情になったのか、それとも弁之助のころの武蔵を、他の同郷のひとびとと同様、彼女も好ましくおもっていなかったせいかもしれない。この亀右衛門老母は、武蔵の亡父無二斎《むにさい》についてもひとことも言わず、

「宮本村の筍《たけのこ》はおいしかった。あの土地ほど藪のふとる土地はない」

とか、

「新免の御家が退転していらい、あのあたりの村々はすっかりさびれているげな」

などという、さしさわりのない国ばなしばかりをした。無二斎をことさらに話題にしないのは、無二斎についての彼女の記憶がよほどよくないのであろう。

老母の話題が急にかわり、

「御当家のご指南役佐佐木小次郎どのと試合をなさるそうな」

といった。武蔵はおどろいた。

「左様なことを、どなたが申しておられました」

「御家中《ごかちゆう》では大変なうわさでございますよ」

(おかしい)

とおもった。小次郎に試合を求めようとしているのは武蔵の胸中だけのことであり、

ひとのうわさになるはずがない。

（内海孫兵衛か）

と、武蔵は推察した。孫兵衛がすべて早合点し、武蔵の意中はすでに決定したものとして江戸から小倉へ飛脚便をやったにちがいない。武蔵は迷惑をおぼえたが、しかしこうとなればこの情勢に乗らざるをえない。

「佐佐木小次郎という仁《じん》をごらんになったことがありますか」

と、亀右衛門老母にきいた。

「一度だけ。道にて」

と、老母はいった。

「うわさのとおり、驕慢《きょうまん》のお人柄で」

そこまで言ったが、われながら多弁すぎるとおもったのであろう、あとはあわてて立ちあがり、奥へ入った。ほどなく茶を入れた土瓶《どびん》をもってきて、武蔵にすすめ、そのあとはなにも喋《しゃべ》らなかった。茶は、いわゆる茶ではなく、うこぎの葉を煎《せん》じたもので、京あたりでは牛飼いでもこのような日向《ひなた》くさい煎じ汁はのんでいない。細川家の家風が武彊《ぶきょう》質朴といわれているのは、このあたりにでもうかがえるようにおもわれた。

ほどなく亀右衛門が帰ってきた。

二

武蔵は、逗留《とうりゅう》した。

――兵法のお談義をうかがいたい。

という家中の士が、毎日のように井戸亀右衛門宅に押しかけた。武蔵はべつにいやがりもせず、応接してやった。武蔵は剣以外の才能として物事を表現することにたくみで、それに晦渋《かいじゅう》なことはいわない。ある客が、

「兵法修業というものを、どう心得ればよろしいか」

ときいたとき、武蔵はすぐさま畳のへりを指さした。

「あのへりをお踏みなされ」

「このように？」

と、客は立ちあがって畳のへりを踏み、武蔵に命ぜられるまま、踏みつつあるいた。

「そのへりの幅だけの橋があるとする。それが一間《いっけん》の高さであるとすれば、渡れますか」

「はて」

客は、考えた。へりの幅は足の裏よりもほそいためにこれはすこしむずかしい。

「左様か。されば幅を三尺にふやそう。それで一間の高さならば？」

「それならば渡れます」

次いで、武蔵のたとえが飛躍する。

「その橋が、お城の山から足立山《あだちやま》まで天空高く架《かか》っているとする。渡れますか」

「とても」

と、客がいった。おなじ三尺幅といっても心が宙に浮いて渡れるものではない。

「本来、三尺幅である」

と、武蔵はいう。理窟からいえば渡れねばならぬはずのものが、臆病の心や雑念がそれを渡らせぬようにする。そういう臆病や雑念を吹きはらって本心を不動のものにするのが兵法の修業です。

武蔵は、そのようにいった。その表情がいかにも的確で虚飾がないため、たれもが理解することができ、武蔵の座談に魅力をおぼえた。ゆらい、兵法者《ひょうほうしゃ》の通弊は行力《ぎょうりき》をほこる修験者《しゅげんじゃ》に似て言行に奇矯《ききょう》のことが多く、わざと表現を神秘めかせようとするが、座談をしているかぎりにおいては武蔵にはそういうところが片鱗もなかった。このことが武蔵の人気を大きくした。

「早くかの者に会いたい」

と、家老の長岡興長は井戸亀右衛門にいった。

——連れて来い、というそれだけではなかなか参上致しそうにありませぬ。しかし武蔵は気位が高く、

と井戸亀右衛門もいったので、長岡興長は茶に招待することにした。興長は家老とはいえ二万六千石の封禄《ほうろく》と従五位下《じゆごいのげ》の官位をもち、家中では、

——上卿《しようけい》

という特別なよびかたで尊称されている存在である。その興長が一介の牢人《ろうにん》を茶に招《よ》ぶというのはよほどのことであった。

武蔵は、亀右衛門にともなわれて興長の屋敷に入った。亀右衛門は、

(この男、茶ができるのか)

と不安であったが、ところがいざ茶室の客になってみると、どこで学んだのか、茶の心得もそこそこにあり、床《とこ》の掛けものも鑑賞でき、その観察の仕方も通りいっぺんではない。しかも茶ばなしのなかで能狂言のことが出てくると、それについても存外あかるく、わずか二十九歳というのにいつそれだけの素養を身につけたのかと亀右衛門は内心おどろいてしまった。

（これならば、千石取りでもつとまる）

と、亀右衛門はおもった。

長岡興長も、当然感心し、話がはずみ、茶がおわるころには武蔵の心酔者になってしまっていた。

茶室を出て、露地を歩いているとき、長岡興長は当家指南役佐佐木小次郎との試合の一件をはじめて口にした。

「それを望まれるか」

と、興長はいった。もし希望するならば殿様にまで願い出てさしあげようというのである。それをきき、武蔵の心に満ちる思いがあった。一介の兵法者の試合が、天下の大諸侯の許可のもとにおこなわれるなどという例はめったにあるものではない。

「先方さえよければ」

と、武蔵はいった。先方というのは佐佐木小次郎のことであった。

「ああ、左様か。小次郎には有吉内膳《ありよしないぜん》を通じてその意をたしかめておこう」

と、興長はいった。有吉内膳は細川家の三番家老で、小次郎が当家に仕官するときにこの内膳の手を通じて推挙されたためにいまでも小次郎の庇護者のようなかたちになっている。

小次郎は、内膳から正式にその意向を問われたとき、即座に、

「お請《う》けつかまつる」

と答え、ついで質問した。この試合申し入れまでのいきさつを知りたかった。宮本武蔵という男が、なぜそれほどまでにして自分に挑戦してくるのか、理由がわからない。

「御当家に仕官したいのでござろうか」

小次郎の第一の疑問がそれであった。武蔵が細川家に仕官したいあまりにわが身を売りこみ、先任者である小次郎を倒そうというのならあまりにあくが強すぎるではないか。

「さあ」

内膳が首をひねったため、小次郎は確信を得た。武蔵は自分のこの地位を得たいのであろう。もともと小倉に入ってきてからの家中への働きかけ、人気とりの様子などを見ていても、その野心があってのこととしか思われない。

（いやな男だ）

と、小次郎は身のうちの蒼《あお》くなるほどの思いでそれをおもった。

免衆を通じて長岡興長の知遇を得、牢人ながらもいまや一種の勢力のある存在になっている。

そのうえ内膳のはなしによると武蔵は家中の新免衆と旧主を共にする仲で、その新ている。

「江戸で、運動していたようだ」

内膳も、かすかな知識でそう答えた。小次郎はいよいよ不愉快であった。

小次郎には、そういう勢力がない。この有吉内膳じたいが小次郎に対してさほどの肩入れをする様子もなく、単に長岡興長からきかされたことを小次郎に伝えているという態度にすぎなかった。

「さらにお伺い致しまするが」

と、小次郎はいった。

「長岡佐渡（興長）さまが、縁もゆかりもないかの牢人兵法者に対し、茶事の正客《しょうきゃく》にまねくという大変なお肩の入れようであるとうかがっております。さればそれは」

と、小次郎は声をおとした。それは有吉内膳どのへの張り合いではないか、と小次郎はいうのである。小次郎憎しということではなく、内膳どの憎しというのが長岡興長どののまことの肚《はら》のなかではございますまいか、と小次郎はいう。小次郎にすれば、内膳をそのような角度から刺激することによって自分への庇護者意識をつよめてもらいたいということであったであろう。

が、内膳は水のように淡泊だった。

「冗談ではない」

と、内膳はいった。内膳のいうところでは細川家家中では内紛などはない。長岡興長は家老の筆頭であり、戦場にあっては先陣の侍大将であり、いまさら三番家老のこの有吉内膳と競争せねばならぬ理由はどこにもない。それに興長どののお人柄は、御隠居康之どののはげしさはなけれども、温厚篤実でうまれながらの長者といわれている。左様な憶測は下司《げす》のかんぐりというものであろう、と、あわてて言った。それを入念にうち消しておかねと、たかが兵法者ずれのあらそいのために内膳は自分の身のほうがあぶなくなってしまう。

「さればお請けした、な」

と、内膳は念を押し、その旨を長岡興長に申しやった。

興長は、主君の忠興《ただおき》の御意《ぎょい》をうかがった。忠興は即座に、

「それはおもしろかろう」

と、許可した。忠興にすればちかごろ新規に召しかかえた佐佐木小次郎が、はたして日本一の兵法者であるかどうかが疑問であり、ひとつにはそれを試してみたい。試

すことによって二つに一つ小次郎が落命するかもしれないが、しかし小次郎は新参者であり、忠興にとってさほどの愛情もない。

そのあと、側近で、

「小次郎が万が一、落命することがあればあわれではございませぬか」

とひそやかに言った者がある。忠興は色をなして叱りつけた。

「芸者《げいしゃ》（兵法者）は芸で立っている。他の家臣の場合とはちがう」

といった。他の家臣ならば愛情をもって考えてやらねばならないが、技術者は技術のみで世に立っている。技術が劣れば落命するのは当然であり、そこまで情《じょう》をもって考えてやる必要はない、という意味であろう。

「小次郎も、そういうなさけを予《よ》がもてば、むしろ予に対して喜ぶまい」

と、忠興はいった。

山桃

一

この試合につき、藩主細川忠興《ほそかわただおき》が許諾《きょだく》すると、そのうわさは家中《かちゅう》だけでなく、城下城外にまでひろがった。しかしながら当の武蔵と小次郎は、ただの一度も対面したことがない。

「はて、両人を会わせたものか」

ということが、肝煎《きもいり》の長岡佐渡《ながおかさど》興長《おきなが》らのさしせまった課題になった。しかし事態がこうなってしまった以上、あらためて対面させるということがひどく不自然になった。

「当人の意向にまかせれば」

ということになり、まず佐佐木小次郎のもとに使いが立った。小次郎のほうが細川家の臣僚である以上、主になる。在野の武蔵は従である。

「その必要なし」

と、小次郎は返答した。この昂然たる精神こそ兵法者《ひょうほうしゃ》のものであろう。しかし小次郎は武蔵についてのあらゆることを知るべくつとめた。その兵法、いままでの試合の仕方、性癖、その他である。この知識収集のためにかれの多数の門人が役に立った。

使者は、武蔵のもとにもきた。

「どちらでもよい」

というのが、武蔵の返答であった。このふたつの返事が、偶然ながら双方の兵法体系の基本点の相違を暗示していた。結局、小次郎の会うこと無用、という意向が尊重され、ふたりはことさらな対面の機会をもつにいたらなかった。

肝煎役から別な使者が武蔵のもとにきて、

「兵器《えもの》は」

と、きいた。小次郎のほうは真剣で試合《しあ》いたいといっているという。おそらくつねにかれがその肩にかけている長刀「物干竿《ものほしざお》」をつかいたいのであろう。しかし武蔵は、

「私は、なんでもよろしい。佐佐木どのが真剣をお用いになること、異存はござらぬ。当方は太刀《たち》、ということだけに致しておきましょう」

「それはどのような太刀を」

と使者はきいたが、武蔵は沈黙していた。太刀の種類を事前にあかすような試合は、かれの兵法観からすれば兵法ではない。かれにあっては兵法は試合場の競技ではなく、天地とおなじ寸法だけひろく大きく、そのような瑣末《さまつ》なことで人的な制限をくわえるべきものではない。

「太刀と申せば、それだけで足りる。太刀でござる」

と、瞼《まぶた》を垂れ、わずかに瞳孔をのぞかせつつ答えた。兵法は不動のなかの変幻であり、変幻のなかの不動である、とこの物事を思うことの好きな男は考えている。

翌日、武蔵はたれにも告げず、城下を南へぬけ、南への山道をとり、そのゆるやかな坂をのぼった。行く手に福智山《ふくちやま》の頂きがみえる。

——どこそこへゆく。

といわなかったのは、それをいわぬということをもって自分の兵法の建前にしているからであった。かれは一対一の太刀打ちの技術者でありながら、それに限定される自分をきらい、それを深めるためには思想家であろうとも、またそれをひろげるためには軍略家であろうともした。小倉を城南にぬけてこの山道をのぼっていることは、かれの軍略の部分であろう。かれが軍略を用いていることが他の兵法者からみれば不

純とされ、後世にいたるまで武蔵ぎらいのひとびとをしてかれを奸譎《かんけつ》であるといわしめた。

――この山道を三里ばかり南にのぼれば小次郎を見ることができるはずだ。

という確実な期待がかれにある。

武蔵の足もとのはるかな下に、川が流れている。北流してゆく。

川のなまえをむらさき川というのは、この川が潭《ふち》に淀むその水の色の濃さに由来しているのであろう。蒲生川《がもうがわ》ともいわれる。川は北流して海に入るあたりで小倉平野をつくっているが、そのみなもとは福智山にあり、武蔵はそこへゆく。福智山の山中に滝があり、それを土地では菅生《すごう》の滝といっている。その滝口のそばで、事がおこなわれる。

きのうのことである。

武蔵が寄留している井戸《いど》亀右衛門宅には、武蔵と同郷の新免衆《しんめんしゅう》たれかれが、毎日のようにあつまってきては試合のはなしをする。

武蔵にとってこの肩入れはありがたくはあるが、素人の談義など多くはわずらわしく、気重《きおも》であった。新免衆たちもそうと察し、かならずしも武蔵に面会を求めるわけでなく、縁側で亀右衛門と話してゆく。かれらの声が大きい。

「巌流《がんりゅう》小次郎は、あすかその翌日、菅生の滝へゆく。そのわけはということばが別室にいる武蔵の耳に入った。そのわけは「印可《いんか》を伝授するためだ
そうだ」という。武蔵は、心にとめた。
印可というのは、もともと仏門から出たことばである。とくに禅門でこれを重視し、
弟子が悟道に達すると、
——ナンジ、デキタリ。
として自分の法統を相続させる。印可のシルシはそのときそのときでさまざまで、
師匠がそのそばの火鉢から火箸をぬいてあたえることもあるし、衣をぬいであたえる
こともあるし、鼻紙をあたえることもある。この禅門の習俗が、芸道にもとり入れら
れた。兵法で印可をあたえるというのは極意を皆伝《かいでん》することであった。小次郎がそれ
を菅生の山中でやるという。他人に秘太刀などを見られぬよう、ことさら深山を選ん
だのであろう。
(小次郎とは、そういう男か)
武蔵は、興ぶかく思った。印可など、禅門の伝統からいっても粗略であるべきであ
り、儀式ばるべきものではない。ところが小次郎はことさらに場所を深山の飛瀑《ひばく》の岩
上にえらび、それを儀式化し、かつ、秘儀めかしくしようとしている。この種の誇大

な神秘主義は兵法師匠の通弊というべきもので小次郎のみにかぎったものではないが、しかし小次郎ほどの者ならそういういわば愚劣な形式のそとにいるだろうと思っていたのだが、どうやらそうではないらしい。

けれんである。

そのけれん好みは、小次郎の兵法思想と無関係ではないであろう。

（しかし、試合を前にして）

と、武蔵はおもう。わざわざ印可の伝授をやろうとするのは、小次郎は死を決しているつもりか。死ぬつもりか。なぜそのようないつでもいいことを小次郎はいそぐのか。小次郎の心には動揺があるのではないか。

武蔵は、さまざまにおもった。

それよりも武蔵がおもったのは、この敵をひと目見ておこうということであった。試合前に敵の姿は一度は見ておくべきである。そう思い、武蔵は山道をのぼっている。が、秘太刀を伝授する場所まで武蔵は見るつもりはない。その興もない。必要もない。さらにはそれは他人の秘密を鼠賊《そぞく》のように偸《ぬす》み窺《うかが》うことになり、武蔵にははばかる心があった。

武蔵は、場所をさがした。滝への途中に雑木で覆われた木下闇《このしたやみ》があり、そこで待つことにした。眼下に渓流ぞいの小径《こみち》がさかのぼっている。小次郎は、ゆくも帰るもここを通過するであろう。

小次郎は武蔵がこの山に入るよりさきに菅生の滝の滝口にまでのぼっていた。

岩上にすわり、岩下に門人三人がすわっている。小次郎はまずかれらに熊野誓紙をさし出させた。「巌流の極意につき親子兄弟といえどもみだりに知らしめぬこと」というのが誓紙の趣旨であった。

「他流では、印可は一国一人であるという」

と、小次郎はいった。印可というのは道統《どうとう》の相続者でありその名は道統の系譜に記録され、この印可を得れば巌流師匠として門弟をとりたててもよいことになっている。このため普通はおおぜいにはあたえず、播磨《はりま》なら播磨で一人、豊前《ぶぜん》なら豊前で一人ということになる。同国のなかで道統の嫡流《ちゃくりゅう》が何人もおれば無用の競合になるため普通ならば一国一人に限定する。

「しかし、いまはそれを考えぬ。巌流をあまねくゆきわたらせたいという目的のために足下《そっか》ら三人に印可をあたえるのだ」

それ以上は、沈黙したが、このみじかい言葉から憶測するに、小次郎は自分の死をなかば覚悟し、二つにひとつ試合で落命しても、かれが創始した兵法は生きつづけるであろうことをねがってこのようなふるまいに出たとしかおもわれない。伝授すべき秘太刀は、虎切刀《こせっとう》である。普通燕《つばめ》がえしといわれるもので、伝授にあたって門人ひとりを仕太刀《しだち》にし、みずから演じてみせた。

「この口伝《くでん》は」

と、その骨法を解きあかした。口伝はどの芸道の伝授においても同様だが書写することをゆるされない。門人たちは、食い入るように小次郎の口もとをみつめた。背後に、瀑布《ばくふ》が、若葉をふるわせて樹間に落ちてゆく。そのしぶきが小次郎の背を雨のように打ち、濡らした。

「応永《おうえい》のむかし」

と、小次郎はいった。応永というのは戦国初期のころの年号である。周防《すおう》（山口県）の英雄の大内盛見《おおうちもりみ》が下関海峡をわたって九州のこのあたりを手中におさめたが、その征服事業がおわるや、幕僚、将士を慰労するためにこの深山に入り、この瀑布の前に大桟敷《おおさじき》を組み、酒宴を張った。酒宴にはいささかの猥雑さもなく、今様《いまよう》を謡《うた》い、詩を朗詠させ、和歌を競詠するなど、風雅なものであったという。佐佐木小次郎は、そのことをいった。

「それゆえ、この場所をえらんだのだ」

かれは越前朝倉氏が戦国期を通じて京都文化を移植した一乗谷《いちじょうだに》から出た男だけに、ただの兵法者ではないなにかをもっていたのであろう。

終って、岩上から飛びおりた。

「もはや思いのこすことはない」

と、小次郎は不覚なことをいった。門人がそれをききとがめた。

「なにをおおせられます。かの流浪《るろう》の播州《ばんしゅう》人のごときは、先生の御太刀を見るか見ぬうちにまずその光芒に目を射られ、戦わざるに屈してしまいましょう」

「そなたは、兵法というものがいまひとつわかりきらぬところがあるらしい」

と、小次郎は木の根みちを降りながらいった。兵法には絶対強《ぜったいきょう》、ということがありえないというのである。強者もはずみによっては弱者に負けることもありうる。兵法のこわさとおもしろさ、そして底のみえざる深さというのはその間《かん》の微妙さにあるのだ、と小次郎はいった。だからかならずしもかの播州人との対決において自分が勝つとはかぎらない、という意味のことを小次郎は暗に言外ににおわせた。

道は、杣道《そまみち》である。やがて途《みち》なかばで渓流の幅が広くなった。道が川にむかって消え、これ以上降りるには川の砂地と岩場を飛び飛びにしてゆかねばならない。小次郎は、岩場を飛んだ。

（あの男か）

と、武蔵はそれを見ていた。山腹の樹間で寝ころび、肘枕《ひじまくら》をつき、満山の若葉を楽しむがごとくわざと漫《そぞろ》にながめている。そぞろにながめねば武蔵の気が小次郎にひびくであろう。響けば小次郎がさとる。

げんに小次郎は岩の上で一瞬佇立《ちょりつ》し、

――なにか申したか。

というふうに背後の門人をふりかえった。が、門人がなにか叫んだ。その声は急湍《きゅうたん》の音にまぎれ、武蔵の耳にまで聞えなかった。小次郎は谷のまわりを見まわしていたが、すぐつぎの岩に身を移した。その姿はもう武蔵の視角にはない。

いわば、瞥見《べっけん》にすぎなかったが、武蔵はそれでよかった。小次郎についての知識が、いまほんの数瞬間ながらも武蔵の網膜の映像になったあの姿によってすべて生きて動きはじめたように見えた。それ以上多く小次郎を見ればかえって気の迷いになるであろう。

武蔵は、日の暮れるほんの寸前までその姿勢でいた。やがて起きあがったが、しかし小次郎の通った道を通ろうとはしなかった。万が一小次郎が気づき、ふもとで待ち伏せしていることをおそれたのである。

が、他に道はない。鹿道しかなかった。その鹿の通る道をつたい、ふもとに降りた。

二

その翌日、つまり四月十二日、井戸亀右衛門が、家老長岡興長の屋敷に参上し、試合の日程、場所をきいてきた。

「あす、辰《たつ》ノ上刻《じようこく》(午前八時)」

である、という。時間にゆとりをもたせず急にその日程と場所を触れだすのが、兵法試合の通例であった。

場所は船島《ふなしま》である。

のちに巌流島といわれるようになったこの岩礁は、関門海峡のなかにうかび、島というよりも洲《す》に近い。無人島である。

島は全体がひらたく、北側がやや高く、このあたりに松、山桃《やまもも》が林をなしており、低い部分には草のみがはえている。潮がひくとこの低地の砂浜が遠浅《とおあさ》にひろがってゆく。

「その船島へは」

と、井戸亀右衛門はいった。佐佐木小次郎は藩主の御座船《ござぶね》でゆく。ただし藩主は参られない。武蔵は、家老長岡興長の船でゆく。小倉から海上一里ほどであろう。委細、心得られましたな、と亀右衛門はいった。

「心得てござる」

「試合の検分には、御家老みずからがあたられる。それに御警備のお人数。そのほかは当日、船島へは渡れない。拙者も渡れない。新免衆もことごとく遠慮せねばならぬ。先方の佐佐木小次郎門人とても同様であり、要するに贔屓《ひいき》、見物の渡海はゆるさずということである」

試合後、怨恨による事故のおこるのをふせぐためであろう。

「わしは、船島に渡ったことがある」

「どういうところであろう」

「山桃の実のなるころに渡った。あの実は潮風にあたるとじつにうまくなる」

亀右衛門はすぐこの話をうち切り、

「わすれていた。今夜は御家老のお屋敷でとまるようにとのことだ。わしが同道する」

「ご当家でいいではないか」

武蔵は、ちょっと不愉快な顔をした。その表情を亀右衛門は誤解した。

「いやそうではない。なにもおぬしのことに御不安があってのことではない」

武蔵が逃げはすまいか、という懸念《けねん》があってのことではないと亀右衛門はいうのだが、実情はそのことにややちかい。小次郎からそのことを長岡興長に申し入れ、

「かの者は、試合に遅参することをもって常套《じょうとう》と致しております。当日は左様なことがなきよう、大夫《たいふ》(興長)において御入念ねがえると好都合でございます」

といったのである。

そのことを聞いて長岡興長は自分の屋敷に泊めればいいとおもった。朝、自分ともども一ツ船で渡れば気づかいはない、とそのようにおもった。

亀右衛門がその旨を伝えてほどもなく、

「ちょっと出てくる」

と武蔵は井戸家の老僕に言いのこし、荷物などは置いたまま外出した。時刻は朝の八時ごろであろう。ところが夕刻になってももどらず、夜に入っても戻らない。

——どこへ行ったのか。

と亀右衛門は、城下の心あたりに人をやってさがさせたが姿を見ず、新免衆のどの

屋敷にも立ち寄ってはいない。亀右衛門は心労した。そのあげく長岡興長のもとに参上し、大汗をかいてそのことを報告した。

「けさほどからの様子はどうであった。臆したるがごとき挙動はなかったか」

「かの者にかぎって」

と、亀右衛門は、武蔵の様子がふだんとすこしもかわらなかった旨をくわしく述べた。

「かの者を信ずるほかない」

興長はいった。なにぶんこの試合は主君の耳に入っており、もし武蔵が逐電《ちくてん》したとなれば興長の失態と面目は、目もあてられぬしまつになる。

「いま一度さがすよう」

と、興長はいった。ふと亀右衛門は、

――対岸の下関ではないか。

とおもった。かつて武蔵が、小倉に入る前下関に数日逗留《とうりゅう》した、というはなしをしたことがあり、その宿はたしか下関の回船問屋小林太郎左衛門方であった。

興長は亀右衛門からそれをきくと、さっそく人をやって海峡を渡らせ、下関の右の商家をたずねさせた。はたして武蔵はその小林太郎左衛門方にいた。

「小倉へもどられるよう」

と使者がいうと、

——多少存念があり。

と武蔵はいうのみでかぶりをふり、しかも理由をいわなかった。理由のひとつはかれはあすの試合場である船島を下検分しておきたかったのであろう。いまひとつの理由は、あすになればわかるはずであった。

「あす、その刻限、当地から、手前において勝手に船をやとい、船島へ参るつもりです。手前の身についてはお案じくださらぬよう」

というのが、使いにことづけた武蔵の口上であった。そのあと、亀右衛門どのへ、として、

「山桃の実は、熟《う》れるのにまだ早いようである。やや渋味《しぶみ》があった」

とのみ言い添えた。船島へ寄ったということを、そういう言い方で知らせたのであろう。

決闘

一

この海峡の港市は、むかしは赤間《あかま》が関とよばれていたが、武蔵のころには下関とよぶのがふつうになってきている。

湊《みなと》の磯ぎわに回船問屋が瓦屋根をつらねている。どの問屋屋敷も二階だての大きなもので屋根の上に舟見《ふなみ》のための望楼をもち、それを海からみるとあたかも海城のような景観であった。海運業の盛大さは、なんといってもこの下関が、武蔵のころでは日本最大であったであろう。

そのうちの一軒の小林太郎左衛門の問屋である。

(なぜこのひとは小倉の御家老の屋敷にとまらなんだのであろう)

というのが、太郎左衛門が武蔵に感じているふしぎであった。それを武蔵に問うと、

「身は、気儘《きまま》にしておかねばならない」

と、武蔵はいった。それ以上いわなかったが、武蔵にいわせれば、試合前、人の目注視のなかにいることは不利だという意味であろう。武蔵はいままで幾度となく日限をかぎっての試合をしてきたが、一度も試合前に衆目のなかに身を曝《さら》していたことはない。つねに身をくらまし、不意に試合の場所にあらわれ、一撃をもって勝負を決した。でなければ、かれの考えでは不利なのであろう。

人の目は好奇心だけのことである。武蔵の心境やいかに、いかなる準備をなすか、兵器《えもの》はどのような、というようなことを小うるさく観察しようとするであろう。それに対する神経のつかいかたで徒労してしまうが、そのうえそれが敵方に洩れてしまってはどうにもならない。身を気儘にしておくというのはそういうことであろう。

翌朝、太郎左衛門は暗いうちに起き、家の者を指揮して武蔵の出発《かどで》のための食膳をととのえさせた。縁起によい、昆布、するめ、勝栗なども用意をし、武蔵の起床を待った。

試合は辰《たつ》ノ上刻《じょうこく》（午前八時）である。ここから船島《ふなしま》（巌流島《がんりゅうじま》）まで潮にさえ乗れば

わずかな時間でゆけるが、それにしても武蔵の起床のおそいのはどういうことであろう。

武蔵は、二階に寝ていた。

土間から二階への階段ははずしてある。万一、佐佐木方の襲撃があるかもしれぬとおもい、太郎左衛門の配慮でそのようにした。武蔵もべつにそれにさからわなかった。

——宮本さま。

と、何度か手代《てだい》に土間から叫ばせてみたが階上の応答はなかった。

——兵法者《ひょうほうしゃ》だ、なにを考えているのかわからない。

ということで、太郎左衛門もこれ以上やきもきすることをやめた。

武蔵は、寝床のなかにいた。雨戸を繰れば海峡の南に巌流島がみえるはずであったが、しかし武蔵は雨戸も繰ろうとしない。

昨夜は、早く寝た。

多少の酒を飲み、気根を虚《うつろ》にしようとした。意識して兵法のことを考えまいとし、試合のことも考えぬように努めた。夜、そのようなことをながながと考えても意識のうちに沈殿物《おり》のようにたまるのみで問題の処理にはならず、かえってそのおりがいざの場合におもわぬ行動をとらせ、しくじることが多い。武蔵はきもちをうつろにして眠った。

日が昇って、目がさめた。

いま、寝床で目がさめている。試合まであといかほどの時間もないが、そのみじかいあいだに思念を集中してそのことを考えようとした。

まず、小次郎の太刀筋《たちすじ》のことである。佐佐木小次郎の兵法の特質は技巧主義と速剣主義にあることはすでに武蔵の小次郎観の基礎にある。

その技巧の最大の特徴は、初太刀は存外実効がない。太刀をうちおろす。真向微塵《まっこうみじん》になれとばかりにうちおろす。そのいきおいは大地も裂けるであろう。その太刀行きの速さは天下ひろしといえども小次郎にかなうものはないであろう。が、おどしである。

むろん、技倆未熟の者ならこの初太刀で斬られてしまうが、相手が名人達人の場合は小次郎はおどしとしてこの初太刀をつかう。相手はこの白刃の閃光におどろき、自然、反射がおこる。受けようとする動作が反射として発するが、小次郎の兵法ではそこがつけめであった。真っ向から地面すれすれに達した太刀は、このときキラリと刃を逆にするのである。逆にしてそのまま跳ねあげ、相手の顎《あご》を下から真二つに斬ってしまう。この技巧をなしうる者も、天下に小次郎しかない。

（妙な兵法だ）

と、武蔵は考えている。小次郎の編みだした巌流というのは普遍性にとぼしい。まず小次郎がそうであるように長腕《ながうで》の者でなければならないであろう。その長腕にくわえて特別に長大な太刀を用いねばならない。敵にとっては距離《まあい》のとどかぬうちに小次郎の距離だけはその長腕と長剣によって敵にとどいている。そういう条件を基礎として編まれている兵法である以上、小男には通用すまい。

武蔵からみれば、すべてがまちがっているようにおもえる。兵法は第一、剣の大小をえらぶべきでないではないか。

――長きにても勝ち、短きにても勝つ。

と、武蔵はのちにいった。

かれはその「五輪書《ごりんのしょ》」で、長い太刀を特技としたり逆に小太刀を特技としたりする兵法は「それは剣の長短に囚《とら》われているということであり、真実の道ではない」と書いている。

「たとえば小太刀を特技とする。小太刀は敵のすきにつけ入ってその懐《ふとこ》ろに飛びこまなければならない。ところが、敵の隙間《すきま》ねらいばかりを考え、すべてが後手《ごて》にまわってしまう。要するにその心、行動が偏《かたよ》ってしまう（偏《かた》づきて悪《あ》し）」

さらに速剣についても、「兵法のはやきといふ所、実《まこと》の道にあらず」という。速き遅きは物事の拍子できめることであり、「速し」ということを兵法のたてまえにすることはすでにその速さにとらわれている、という。

武蔵は、考えた。

小次郎はおそらく他の方法で来るまい。かならずその兵法のもっとも得意な方法、つまり前記の方法をもって打ちかかってくるであろう。

とすれば、武蔵はそれを逆手にとらねばならない。長太刀《ながだち》のことである。武蔵も小次郎以上の長太刀を用意し、小次郎の間合《まあい》の感覚を崩すべきであった。

武蔵と小次郎の身の丈はかわらない。腕の長さの差はわからぬにしても身の丈がかわらない以上、さほどの差はあるまい。要は、太刀の長さであった。

小次郎がその試合につかうはずの、かれのいう「物干竿《ものほしざお》」は刀身三尺一寸二分というながいものである。普通、身長五尺三、四寸の中肉中背の者にとって手ごろの寸法は二尺二寸前後であることをおもえばその長さの異常さがわかるであろう。武蔵も六尺ちかい長身であるため、その佩用《はいよう》の刀はながい。かれの刀は銘は伯耆《ほうき》安綱《やすつな》で、三尺と八分である。小次郎の物干竿よりわずかに四分ほどみじかい。が、この四分の差が勝負を決するかもしれない。

武蔵は、木太刀《きだち》を用いようとした。このことはすでにこの下関にくるまでのあいだに腹案として武蔵はもっていた。武蔵はそれを決意した。が、ありきたりな木太刀ではそれほどの長さのものがない。武蔵は、それをつくろうとした。

いまからである。

武蔵は、階下へ降りた。すでに陽は高く、細川家がさだめた定刻になろうとしていた。

（どうするつもりだろう）

と太郎左衛門はおもった。武蔵はいった。

「櫂《かい》のふるものがあれば、所望したいが」

それに鉋《かんな》、鋸《のこぎり》といった道具も貸してもらいたい、といった。太郎左衛門はすぐ用意したが、不審でもあり、いまからなにをなさるのです、ときいてみた。

「木刀をつくるのです」

と、武蔵はいった。

材は赤樫《あかがし》であるためにひどくかたい。それを鋸でひき割り、鉋にかけてかたちをととのえるには、武蔵ほどの手器用な者でも二時間ちかい時間がかかった。もはや定刻はとっくにすぎていた。武蔵はそれを四尺一寸八分に削りあげた。

それを仕あげおわると、船頭をたのんだ。頼まれずとも船頭はすでに未明から磯で待っていた。

「ほかに」

「綿入れを一枚」

と、所望した。旧暦四月半ばである。すでに初夏であったが、海上の風のために、肩や腕が冷えることを武蔵はおそれた。

武蔵は、舟中の人になった。舟は海峡のなかに漕ぎ出たが、この時刻の潮流は逆であった。漕ぎに漕いでもさほどにはすすまない。

二

細川家の触令《ふれ》により、試合の見物は停止《ちょうじ》ということになっている。が、この試合は小倉から下関にかけて相当ひろまっており、ひとびとは押して見物しようとした。船島のとなりに彦島という、この海峡でもっとも大きい島がある。むかし、源平争乱のころ平家の水軍大将であった平知盛《たいらのとももり》の根拠地がここであった。くだって幕末、四カ国艦隊の砲撃で長州藩が痛打されたあと、イギリス側がこの島を租借したいと長州側に申し入れて一蹴された。イギリスとしてはシンガポール島のような構想をこの島にもったのであろう。現今《いま》は山口県本土と地つづきになり、岬のようなすがたになっている。

この島に弟子待《でしまち》という村がある。その北のほうの海岸に見物衆が待機した。そのなかには佐佐木小次郎の門人たちもいたし、武蔵がわの新免衆《しんめんしゅう》もいた。

船島では、砂浜からややのぼった芝生に細川定紋《じょうもん》入りの幔幕《まんまく》がはりめぐらされ、そのまわりには小侍《こざむらい》、足軽が厳重に警戒している。長岡佐渡守興長《ながおかさどのかみおきなが》は検分役として床几《しょうぎ》にすわっているがむろんその心は平らかではない。

当の佐佐木小次郎は身分がちがうため、興長より二十歩ばかり前方の砂浜に床几をすえそれに腰をおろし、海に体をむけている。

その服装のなんと華麗なことであろう。染め皮のたっつけ袴《ばかま》に緋色《ひいろ》の、それも猩々緋《しょうじょうひ》の袖無し羽織をはおっていた。例の物干竿は背に掛けず、膝のうえにのせている。

もはや、二時間以上経った。

——まだか。

といらだつが、かといってその苦情をぼやけるような話相手がいない。介添《かいぞえ》人、門人といったような者はいっさいこの島に渡ることをゆるされていないからである。

小次郎は、沈黙をつづけざるをえない。

それだけにいっそういらだつが、細川家の役人たちはかれの気をまぎらわせてくれるよう配慮はしない。この場は戦場における大将陣屋の体《てい》をとっており、小侍、足軽たちは私語をゆるされていないのである。

「武蔵は、まだであるか」

と、小次郎は遠くのかれらへときどき声をかけるが、答えはきまっていた。

——まだでござる。

何度目かにきいたときは、

——ごらんのとおり。

という返事しかもどって来なかった。小次郎はそれにさえ腹が立った。

あいまには、武蔵の兵法について考えた。昨夜も考えたところであったが、やはり武蔵は二刀流をもってうちむかってくるようにおもわれた。武蔵が世間に有名なのはこの二刀流のためであった。

(その奇法で、かの男は名を売った)

と、小次郎は理解している。かれは武蔵がその二刀流を剣術者との実戦のばあいに一度もつかったことがないということを知らなかった。

――勝ったようなものだ。

と、ときどきおもう。二刀の場合、長剣のほうはあまり長くてはあつかいにこまる。とすれば小次郎の思想では小次郎の長剣のほうの勝ちである。

――まだ来ぬか。

と、ほとんど、足摺《あしず》りしたいほどのおもいでそのことを思いつづけた。武蔵の論理をもってすれば小次郎はもはや、武蔵が来る来ぬというただ一点にとらわれてしまっていた。

武蔵は、まだ海の上である。

かれは下関の磯を離れるとすぐおもいだしたように襷《たすき》をつくりはじめた。懐紙を一枚ずつふところから抜きだしては紙捻《こより》をひねってゆく。すーっと尖《さき》まで捻《よ》るあいだがひどく早く、船頭がみていると、指のあいだに切紙がおどっているかとおもうともう紙捻が一本できている。それを武蔵は横へおく。それらが五十本ほどあつまると紙捻どうしで捻りあわせ、やがて一本の長ひもができた。

（なにをするのだろう）

とおもううち、武蔵はそれを背にまわし、くるくると襷にした。船頭はおどろいた。

（いまごろ、襷を作ったのか）

用意のおそいひとだ、とおもった。

が、武蔵は、実際のところ襷の用意などわすれていた。それは勝負にとって枝葉にすぎず、襷がなければ裸で闘ってもいい。

襷をかけると、その上に綿入れを着込み、そのまま横になった。

目をつぶった。

（寝るのか）

と船頭はおもったであろう。しかし武蔵はただ目の疲れることをふせごうとしているにすぎなかった。海上は、初夏の烈日が波と雲を輝かせている。目が疲れるであろう。兵法にとって目の疲れがなによりも毒であった。

船が、島に近づいた。

「どこへつければよろしうございましょう」

と、船頭が、武蔵を恐れつつきいた。武蔵は体をおこした。

島（というより洲《す》だが）には幔幕が見え、人影がみえた。小次郎の姿もみえた。かれひとりが波打ちぎわにもっとも近い位置にいた。晴れやかな猩々緋《しょうじょうひ》の袖無し羽織をはおっていることからみてもまぎれはないであろう。

「あの端《はな》がいい」

と、武蔵はかれらの場所からやや離れた洲の先端をゆびさした。

「あれでよろしうございますか」

船頭はくびをひねった。そこから試合場所にゆくには遠くもあり、それにむぐらや嫩松《わかまつ》が密生して歩くことすら困難である。ゆこうとおもえば遠浅《とおあさ》の汀《なぎさ》づたいに水を蹴ってゆかねばならない。武蔵はそのほうをえらんでいた。

「いいのだ」

と言いつつ、綿入れをぬぎすて、革袴《かわばかま》をもも高《だか》にたくしあげ、さらに懐中から柿色染めの手拭いをとりだし、鉢巻を向う締めに結んだ。結び目をこうしておけば髪が垂れにくい。武蔵は少年のころ蓮根《れんこん》という腫物《しゅもつ》をわずらい、このため頭の頂《いただ》きに大きな禿《はげ》がある。それがあるために月代《さかやき》は剃らず、総髪《そうはつ》にしてうしろでむすんでいた。

武蔵は佩刀《はいとう》伯耆安綱を腰から脱し、船中にのこし、海へ入った。

ざぶざぶと汀をつたってゆく。用意の木太刀は肩にかついでいた。ちょうど天秤棒《てんびんぼう》でもかつぐようなかっこうであり、こうかついでいるかぎり小次郎の位置からは木太刀の長さの見当がつかぬであろう。

勝負は一瞬できまった。

武蔵は、陸地の小次郎をのぞみつつも陸地にあがらず水のなかを歩き、やがて停止し、陸をめざして進みはじめた。

小次郎は、待った。

が、待ちきれなかった。かれは床几を蹴って立ち、汀にむかって駈けだした。武蔵が陸にあがらぬうち、つまり武蔵の足場が水にとられているうちに一撃を加えたかった。が、武蔵はあがった。

小次郎は大喝《たいかつ》し、武蔵の遅参を罵倒した。と同時に剣をぬき、鞘《さや》を海中にすてた。武蔵はすかさずいった。

——汝《なんじ》の負けである。

それが武蔵の調略であった。小次郎はそれに乗った。なぜ負けか。

「知れたこと」

武蔵は、ひややかにいった。

「勝つつもりなら鞘を捨てまいに」

小次郎はすでにその大剣をふりかぶっていた。武蔵はゆるゆると砂をふんでゆく。小次郎は相手のことばに冷静さをうしなった。怒気が、その構えにこもっていた。武蔵のもくろみはそこにあった。

これよりむこう、幔幕の位置からみれば武蔵の行動ほど大胆にみえたものはない。無造作に小次郎に近づいてゆく。例の木太刀は肩にかついだままであった。小次郎はその武蔵に対し、間合《まあい》をはかりつづけた。間合のみに気をとられ、武蔵のもっている兵器《えもの》に注意をはらうことを怠った。

武蔵は小次郎のおもう間合に入ろうとしたとき、一瞬で構えをなおした。両拳《りようこぶし》を右肩の上にかまえ、剣尖《けんせん》を天に突きあげた八双《はつそう》の姿をとった。このとき、小次郎のすさまじい初太刀が降《ふ》りおちた。それが地面に達するときに跳ねあがれば武蔵もこの天才的技巧のまえに敗れざるをえないかもしれなかった。

しかし武蔵は、小次郎が初太刀をふりおろすと同時に跳ねあがり、右片手をもって四尺一寸八分の木太刀を振りおろし、小次郎の脳天をくだいた。

が、撃ちが浅い。

武蔵は間合をとどかせるために片手撃ちで撃った。そのため致命傷にはいたらない。が小次郎は昏《くら》み、前のめりにのめって倒れた。倒れつつも剣を横に払ったが及ばず、武蔵の二ノ太刀を胸に受け、肋骨《ろっこつ》を砕かれ、即死した。

戦いがおわるや、武蔵はすぐさま汀にもどり、水を蹴って船にもどり、そのまま下関へ去った。

下関から長岡佐渡守興長に手紙をかいて礼の至らなかったことを詫び、その地を離れ、京をめざしている。小次郎側の門人から無用の襲撃をうけることを避けたのであろう。

巌流島雑記

一

二、三の挿話にふれたい。
巌流島《がんりゅうじま》決闘についてのことである。

この決闘があってのち、おびただしい伝説がうまれたが、武蔵よりややあとの世に中村十郎右衛門守和《もりかず》という兵法者《ひょうほうしゃ》がいた。信州上田の城主松平侍従忠栄《まつだいらじじゅうただひで》の家来で、兵法史談をこのみ、ほうぼうの口碑《こうひ》をあつめていた。

——ある年寄りにきいた。

として巌流島決闘の直前における佐佐木小次郎の動静を伝えている。

小次郎は試合前、巌流島にわたるべく小倉の浜で小舟をやとった。

「きょうは、なにかあるのか、渡海の客が多いようだが」

と小次郎がとぼけてきくと、船頭は、あなたさまはごぞんじないのでございますか、きょうはかの島にて御当家の佐佐木小次郎さまと牢人《ろうにん》の兵法者なる宮本武蔵と申すおひととのあいだで兵法試合がございます、みなそれを見にゆくのでございます、といった。小次郎はじつはおれが、

「――その小次郎だが」

というと、船頭はおどろきあわて、しばらく考えていたのち、意外なことをいった。

「お逃げなされませ。あなたさまが神のごときお業《わざ》のもちぬしであることはみなも存じております。しかし武蔵には勝てませぬ。なぜなら武蔵に人気があり、加担のひと多く、もしお勝ちなされてもあとでお命はございますまい」

小次郎はこれをきき、すぐさま言った。一命をおとすこと、もとより覚悟の前である、しかしながら兵法の意地あるによって渡海する、もしわしがかの島にて一命おとしたりときかばわしのために回向《えこう》せよ、これは些少《さしょう》であるがその回向料である、といって懐中からいくばくかの銭をとりだし、船頭に渡した。

というが、おそらくは伝説にすぎない。小次郎の渡海のために藩では藩主の船を出

しており、こういう情景のおこるはずがないが、ただしこの伝説にも多少の価値がないでもない。武蔵の細川家中《かちゅう》における人気の高さに触れているところであろう。人気の中心には、前記新免衆《しんめんしゅう》がいる。それに家老長岡興長《ながおかおきなが》の肩入れがある。さらにまた武蔵はどういうわけか（わかるような気がするが）、その生存中から信仰的といっていいほどの崇敬者をもつ風骨《ふうこつ》であった。佐佐木小次郎の人柄との対比が、こういう伝説を生んだのであろう。

巌流島の試合のとき、小次郎はその得意とする虎切刀《こせっとう》をもって上段から長刀《ちょうとう》をふりおろした。むろん刹那《せつな》のはやさである。武蔵は相手をしてその得意技《わざ》をぞんぶんにつかわせた。ただその小次郎の太刀が地面から翻転《ほんてん》しようとする寸前において武蔵は動き、片手をもって木太刀《きだち》をあつかい、小次郎の頭上を襲い、かれを昏倒させた。そのことは前に書いた。

このとき、つまり小次郎が初太刀をふりおろしたとき、武蔵のむこう鉢巻の結び目が切断された。武蔵の柿色鉢巻が飛び、このため遠くからこの情景をみていた細川家の検分のひとびとの目には、武蔵の身に異変があったと一瞬おもった。つぎの瞬間には小次郎が斃《たお》されていたが、とにかく武蔵もまた負傷したのではないかとひとびとはおもった。思ったのもむりはないであろう。

なぜならば武蔵は小次郎を斃すや、すぐさま汀《なぎさ》へかけおり、待たせておいた小舟に乗って海へ去り、下関へ渡り、そのまま細川家の者には姿を見せずに京にのぼっているからである。

——負傷をかくしたのではないか。

とも、のちのちうわさされた。というよりこの負傷はまぎれもないものとしてひとびとのあいだで信ぜられた。

武蔵は晩年、かれにとって生涯縁が深かった細川家に身を寄せるのだが、ひとびとはこの負傷の一件の実相を知りたがった。しかし武蔵がそれについてだまっている以上、かれ自身にきくことは憚《はばか》られた。

その武蔵の晩年のある年、正月三日、熊本城内のお花畑で謡初《うたいぞめ》があり、武蔵もまねかれた。

お花畑の観覧席には、むしろが敷きつめられており、ひとびとは夜明け前から詰めかけて待つ。びっしりと膝を詰めているひとびとのところどころに燭台が燃えており、夜明けまでの明かりとしてそのあたりを照らしている。武蔵から何人か置いたあたりに細川家の大組頭で志水伯耆《しみずほうき》という身分の重い者がすわっていた。多少、軽忽《けいこつ》な男である。

志水伯耆は、武蔵のちかくにすわったのを幸い、あの負傷の一件をききただしてみたいとおもった。

——武蔵どの。

と、問いかけた。

「古い話でありますが、貴殿が佐佐木小次郎と長門《ながと》巌流島において試合をなされしとき、佐佐木の初太刀が貴殿の頭《かしら》を傷つけたという伝聞あり、このことまことでありまするや、否や」

武蔵の顔色がかわった。

このため、その席のあたりのひとびとが息を詰めた。伯耆どのが要らざることを、という気持がたれの胸にもあったであろう。みな伯耆とおなじ疑問と興味があったが、それ以上に武蔵の反応がおそろしかった。

(事がおこる)

と、たれしもがおもった。

武蔵は腕をのばし、かたわらの燭台を鷲づかみにした。立ちあがった。みな色をうしなって武蔵のそばから膝をずらせた。武蔵と伯耆のあいだに道路ができた。

武蔵はそれを通って伯耆の前へすわり、

「拙者は幼少のとき蓮根《れんこん》という腫物《しゅもつ》をわずらい、頭に毛のはえぬところがござる。そのため月代《さかやき》は剃らず、むかしからこのように総髪《そうはつ》をしております」

と、怒気をふくみ、そのことからまず言いはじめた。言ったあと、

――ご覧あれ。

と、その頭を伯耆の鼻さきにつきつけ、左手をもってわが髪をかきわけた。

「ご覧あれ、古傷があるかないか。小次郎の刃《やいば》があたったとすれば当然傷があるはず。その傷をおさがしあれ」

と、右手の燭台をわざわざかかげた。伯耆の顔はもう血の色がなかった。唇をふるわせながら、

「よい。もうよい。お傷がないことはわかり申したわ」

と、反身《そりみ》になった。武蔵はかまわずぐんぐん頭を押しつけ、

「よく見られよ。髪の根のすみずみまでご覧《ろう》じよ。粗漏にな、見そ、見よ見よ」

という。元来、異様な精気をもった武蔵がすでに怒気をふくみ、すさまじい執心をもって伯耆にせまってくる。伯耆はもはや目が昏《くら》みそうになったが、こうとなれば武蔵の要求どおり燭台をとって丹念に見ざるをえなかった。見おわってから、

「拝見つかまつった。お傷はござらぬ」

と、泣くようにいった。

「たしかに？」

武蔵は念を押した。

「いかにもたしかに」

「左様か」

武蔵はうなずき、無言で座を離れ、自分の席にもどり、しかも一言も発せず、もとのように舞台を見あげた。

大人げがなかった。しかし大人げのないのが兵法者であった。兵法者であるかれにすればいかに風説とはいえ、撃たれた、という風説の立つことはこれまでに許容できぬことであった。さらにまたかれもかねてからその風説を耳にしていたのであろう。たまたま軽忽者の伯耆が言いだしたのを幸いとしたにちがいない。幸いあたりはびっしりと人が詰めており、このような座で証《あか》しを立てることは後日のためになる。武蔵の異常な執拗さはそういうことにもあったのであろう。

「わが兵法は」

と、武蔵はつねづね言う。

「間合《まあい》の見切《みき》り、ということもっともかんじんである。極《ごく》の極の極意といっていい」

この場合、間合とは敵の太刀さきと自分との距離をいう。その間合を見切ってしまえば敵に負けることはない。

敵が撃ちこんでくる。

当方は無駄に体をうごかさない。敵の太刀が一寸《いっすん》の差で当方のからだにとどかないことを見切ってしまう、見切った上で刹那に太刀を動かし、敵を撃つ。こちらに「見切り」さえあれば無用に身をかわす必要もなく、敵の太刀を無用に受けとめねばならぬ必要もない。

——見切って撃つ。

この見切りの修業こそ兵法修業の眼目である、と武蔵はいうのである。

その間合は一寸が理想である、と武蔵はいう。敵の太刀さきから一寸を残す。「一寸あり」と見ぬく。しかし初心のあいだから一寸はむずかしかろう、と武蔵はひとにいう。

「まず五、六寸から修業をせよ」

そう言う。五、六寸の見切りからはじめて三、四寸になり、二、三寸になり、ついには「一寸の見切り」に達する。

武蔵は、小次郎との勝負において自分の理法を実証した。あのとき武蔵がそのひたいに結んだ鉢巻の結び目は一寸弱の高さがあったであろう。その間合だけをかれは見切った。見切ったうえで小次郎の虎切刀をゆるした。虎切刀は武蔵の結び目を斬って武蔵は斬れず、そのまま大地へ落ちたのである。

二

京へのぼるべく山陽道を東《ひがし》した。ゆるゆると道中した。途中、名山があればのぼり、知名の兵法者がいるときけば会いにゆき、会うことによってその力量を察した。

その道中での話である。

ある草深い里に足をとめていたとき、宿へ少年が訪ねてきた。風体《ふうてい》をみると、このあたりの郷士《ごうし》の子らしく、武家の子の装束《しょうぞく》をし、すずやかな容貌をもっている。

「なんの用だ」

ときくと、少年は容易ならぬことをいいだした。父の仇《かたき》を討つという。その仇もすでに探しあててある。仇討《あだうち》の件も、領主のゆるしを得てある。仇討の場所もきまった。村はずれの野で、そこにすでに竹矢来《たけやらい》も組み、すべての支度ができた。勝負はあすである、という。

「それで、助太刀《すけだち》を望みたいのか」

と、武蔵はきいた。

少年は、はげしく頭《かぶり》を振った。望みませぬ、わが腕《かいな》ほそけれども父の仇はわが太刀によって討ちとめとうございます、という。

「ただ望みは、必勝の太刀筋《すじ》を教えていただきとうございます」

武蔵は、思案した。

念のため少年を庭さきへ出し、自分は縁側に立ち、木刀を振らせてみた。

「こうでございますか」

と、少年は振ってから、武蔵のほうをむいていった。兵法の初歩程度の修業はしたような姿だが、それにしてもかたちはまがり、姿がわるく、心もとなげな様子である。しかしいまそれを直せば、この少年は自分のすべてに自信をうしなうだけであろう。

「それでいい。みごとだ」

と、武蔵は、地響くような声でほめてやった。少年はよろこび、百回も振った。武蔵は庭へおり、少年にみじかい木刀をあたえた。

「秘法をさずけよう」

と、武蔵はいう。武蔵はちなみに、その生涯秘伝ということばをきらった。自分の流儀にこの言葉を用いず、すべての極意をあっさりとひと前に曝《さら》したが、このときはいかにもおもおもしげにその言葉をつかった。

「右手に大刀《たいとう》を持ち、左手に小刀《しょうとう》を持て」

と、武蔵は手ずから教えた。

「敵があらわれるや、そのかたちでまっしぐらにその胸もとへ駈けよ。敵は撃ってくるだろう。それを右手の大刀で受けよ。受けた瞬間、左手の小刀を突き出せ。突き出して敵を串刺しにせよ」

武蔵みずからが仕太刀《しだち》になってその形《かた》を何度もやらせ、十分からだに覚えこませたあと、ふたたび座敷にあげ、

「これで、勝てる。しかし兵法のむずかしさは、何分《なんぶ》かの運がまじることだ」

と言い、さらに言う。

「あす、果たしあいの場所に出、床几《しょうぎ》に腰をおろす。おろしたら、わが足もとの地面をのぞきこめ。もし蟻《あり》が這《は》っているとすればそなたの勝ちだ。もし蟻がおらずともわしはその時刻、摩利支天《まりしてん》に祈念をこめておいてやるからそなたの勝ちは疑いない」

季節は、真夏である。野のどの地面を見ても蟻は這っているであろう。武蔵はそれを暗示の具にすることによって、少年に自分の運についての信仰をもたせるようにし

た。あすの試合には、この少年はわが身の運を疑うことなく両刀を掲《かか》げて突進するであろう。

翌日、その結果があらわれた。

少年が勝った。

武蔵が少年にほどこしたのはごく便法としての自己催眠の法にすぎないが、かれ自身も多くの勝負の切所《せっしょ》をくぐってきてついに兵法は自己を信ずる以外にないということを知ったのであろう。

播州《ばんしゅう》竜野《たつの》城下にも立ち寄った。

このころ播州一国は関ケ原ののちの変動で池田氏の封国《ほうこく》になっており、その首都は姫路にある。竜野は支城であり、池田家の家老荒尾《あらお》但馬《たじま》のあずかりになっていた。

なににせよ、播州から作州《さくしゅう》にかけては武蔵の父方、母方の縁者や、旧新免家での知人が多い。領主の池田輝政は関ケ原以前は三河《みかわ》吉田で十五万余石の大名にすぎなかったが、関ケ原以後はその倍以上に加増されて播州姫路へきた。このため多くの家士《かし》を、土地で新規に召しかかえた。播州は旧別所氏の系統の地侍《じざむらい》が多く、それらの多数が池田家の家士になった。武蔵の母方は別所氏である関係上、池田家新参の連中の縁故をたどれば何割かは縁類になる。

竜野で滞留したのは、上月十蔵《こうづきじゅうぞう》という者の屋敷である。前記荒尾氏の重臣で、もとは播州の地つきであった。

「京へなにをしにのぼる」

と、ある日、上月十蔵がきいた。京はすでに兵法者にとってはさほど魅力のある都ではなくなっているはずであった。

「諸芸を見に」

と、武蔵は答えた。

「諸芸とは」

「舞、大鼓《おおかわ》、小鼓《こつづみ》など」

という。武蔵はこのところ、そういう諸芸への関心がふかくなっている。なるほど兵法も芸であるが、芸としての伝統が浅い。その伝統という点からすれば他の芸——歌舞にせよ音曲にせよ、老いた智恵や抜きさしならぬ拍子《ひょうし》の良さを秘めている。それを見物したり、身につけたりして自分の兵法を外《そと》からながめなおしてみたい、と武蔵はいうのである。

その諸芸への関心ということを、武蔵はのち門人にもやかましく言い、「五輪書《ごりんのしょ》」

にもそれを書いている。

この播州竜野でも武蔵は、ひとから頼まれるままに武具を作った。武具を作ってさえいれば武蔵は旅をすることができた。槍の柄《え》を削ったり、穂《ほ》をすげかえて巻きあげてやったり、弓を製したり、矢をはいだりした。

——武士は、武具をわが手で作れなければ一人前といえない。武具をつくってはじめてその用法がわが身につく。

と、武蔵は「五輪書」でいう。

このようにして滞留しているうち、姫路城下で門人をとりたてている三宅軍兵衛《みやけぐんべえ》という兵法者が武蔵の宿に訪ねてきた。流儀は東軍流である。

「どういう男だ」

ときくと、取次《とりつぎ》の者は、

——三宅軍兵衛といえばこの山陽道ではかくれもない兵法者でございます。

という。

その来訪の意は試合にある。武蔵は自分で立って玄関へ出てみた。

三人、いる。

大坂ノ陣

一

来訪者は、名を名乗った。
三宅軍兵衛《みやけぐんべえ》
市川江左衛門《いちかわごうざえもん》
矢野弥平治
「さて、お訪ね申した儀は」
と、頭《かしら》だつ三宅軍兵衛が試合申し入れのことをいおうとすると、武蔵はさえぎり、
用件はきかず、
「あす来てくだされ」

といきなりいった。

「牢人《ろうにん》の身ながら、拙者にも都合がござる。あすの午後、来てくだされ。そのうえでゆるりとお話をうけたまわろう」

と言い、奥へひっこんでしまった。用件もきかぬという礼儀はない。

当然、三宅らは憤った。かれらはこの日はひきあげ、一日待った。やがて武蔵が指定した刻限にふたたび玄関にあらわれた。

こんどは武蔵の内弟子らしい少年が玄関に出てきて応対した。少年は式台《しきだい》に行儀よくすわり、用件をきいた。三宅は両眼に怒気をふくみつつ「試合をしたい」といった。

少年はうなずき、かれら三人を屋内に案内した。細い廊下を通った。かれらは武蔵を一種の世間師《せけんし》とみていたらしい。世間に名を売ることがたくみで、貴人に取り入ることも巧妙であるとみている。武蔵とは単にそういう男で、かんじんの兵法《ひょうほう》は世間での名ほどではない、としていた。第一、武蔵の名を高からしめている二刀流などというものがそもそもけれんであろう。兵法をかじったほどの者なら、両手で剣をあつかえるものではない、ということは自明のこととしている。そのけれんの芸を武蔵は売る。売名家であることは、これひとつでもあきらかではないか。

——うち懲《こら》してやる。武蔵の化体《けたい》をたたきのめしてその正体がどういうものであるかを世間の目の前に曝《さら》してやるのだ。

というのが、三宅軍兵衛の魂胆であった。他の市川と矢野は、後日の証人にさせるためにわざわざ連れてきた。

(が、はたしてあの男は、この試合に応ずるかどうか)

どうやらきのうの態度から察するに、うまく遁辞《とんじ》をかまえて試合を避けるのではあるまいか。避けるなら避けたで、この両人が証人である。その旨を世間に言いふらし、この山陽道では顔をあげてあるけぬようにしてやろう。

やがて右側に禅院ふうの中庭がひろがった。手入れが十分でないらしく、苔のところどころが赤くなっている。その庭のある部屋にかれらは通された。

広さは、十四畳である。

(ここで待たせるのか)

かれらは順にならび、膝を折った。三宅軍兵衛は、長く待たされることを予想し、膝のぐあいに心を配ろうとした。体の重みを一ツ足ばかりに掛けていてはいざというときは不覚をとる。

「おのおのも、お膝に注意されよ」

と、三宅は小声でいった。しかし一方ではそれほど神経質になるほどのこともあるまいともおもった。今日は、話だけである。試合の場所や日をきめるために来ている。

そのとき——というのは三宅軍兵衛が着座し、他の二人がいまやっと膝を折ったというとき——廊下の板が鳴った。板を響かせつつ足早《あしばや》に近づいてくる足音がきこえたかとおもうと、武蔵の巨軀が縁側にあらわれ、なんとそれが両手に木刀を一本ずつぶらさげ、かれら三人に迫りながら、

「試合を望まれたということ、承《うけたまわ》った。さ、兵器《えもの》をとって立ちあがられよ」

といった。三宅軍兵衛は事の意外に狼狽《ろうばい》し仲間に相談するがごとく他の者をかえりみた。武蔵はそのひるみに付け入り、すかさず、

「いまから御相談であるか。いっそそのぶんなら三人同時にうちかかって来られよ」

三宅軍兵衛は、この侮辱に首筋まで血をのぼらせた。が、懸命に気を鎮めた。やがて、

「試合の場所はいずれでござる」

といった。武蔵は、無言で座敷をさした。ここでやるというのである。

「しかしながら、まだ挨拶《あいさつ》もせぬのに」

と、三宅軍兵衛は、武蔵のこの非常識に対し、そういう言葉で抗《あらが》った。

「挨拶、会釈《えしやく》はあとで」

と、武蔵は動かずにいった。三宅は、相手の異様な迫力に対して不覚にも気が萎《な》えてくる自分に気づきはじめた。

三宅は東軍流の兵法者であるとともに荒木流捕手術《とってじゅつ》の名人ともされており、いままで百たび以上も兵法の試合をしたことがあるが、いまだかつて相手からこのように気圧《けお》された経験はない。

「されば拙者」

と、つぶやきつつ木刀の袋《ふくろ》を抜き、袋は仲間にわたした。仲間は次室にしりぞき、そこからこの座敷試合を見る構えをとった。

「……」

武蔵は、三宅に目礼するとともにするするとさがり、戸口まで退《しりぞ》いて長短の木刀を下段《げだん》へさげた。ぶらさげているようにみえた。

三宅軍兵衛は、武蔵の後退をみても付け入って進まず、かれもまた足ばやにしりぞき、部屋のすみに背をつけ、武蔵との間合《まあい》を部屋いっぱいの遠間《とおま》にとり、木刀を構えた。

三宅の構えは東軍流の秘太刀《ひだち》とされる構えで、どの流派にもこれだけはない。やや脇《わき》上段に似ている。太刀をあげ、右コブシを右肩の上に持《じ》し、剣先はすこし背のほうへ靡《なび》く。体は左身《ひだりみ》を前にしている。斜身で敵にむかう。足は左足が前で、膝がゆるやかにまがる。この東軍流は関東でおこった流儀で、流祖は諸説あり、よくわからない。武蔵のこの時期、天下でもっとも盛行した流儀であり、江戸中期まで栄えた。しかし江戸中期以後、ほろびた。

武蔵は、三宅がこの構えをとるや、応じてかれも構えを変えた。下段から中段に転じたが、二刀であるためそのかたちは異風であった。長短の二刀をさきで交叉させた。両刀が合掌しているようであるため「合掌」ともいわれ、このかたちからすべての変化がうまれるため「円極」ともよばれた。武蔵が創始した構えである。

武蔵は、間合を詰めた。三宅も爪さき立ちで進み、間合を惜しみつつ詰めてゆく。やがて対峙《たいじ》した。

——打たせて打つ。

というのが、武蔵の流法である。敵にまず行動をおこさせねばならなかった。が、三宅は慎重であった。

武蔵は、そろりと右腕をのばした。合掌が解かれ、大太刀がゆるゆると三宅の鼻先へせまった。三宅は軽侮されたとおもった。

打ちおろした。

戞《かつ》
と、武蔵のためにその太刀をはずされた。と思うと、三宅の太刀は武蔵の小太刀によって上からおさえられた。しかし武蔵はその優位に執着せず三宅の太刀をおさえたままわずかに身をひき、三宅の太刀を解放してやった。

三宅は解放された太刀をふたたび脇上段にあげ、ふたたび打ちおろした。

それを武蔵は前回と同様、双刀で挟《はさ》んだ。しかし前回と同様、身を数歩退《ひ》きさがりつつスイと敵太刀をはずしてやった。が、このときには武蔵の背後にはすでにあます空間がない。うしろは壁であった。三宅は、武蔵の遊びがわからなかった。この態勢を、自分が武蔵を追い詰めたと見、わが勝ちとみた。

勝ちと錯覚させたのは、武蔵の誘いであった。武蔵はつねに敵を誘う。

三宅は、誘われた。脇上段から変化し、中段に変えるや、激しく突きを入れてきた。

「無理なり」

と叫んだのは、武蔵である。武蔵は花がひらくように行動した。武蔵は小太刀をもって三宅の諸手《もろて》突きをはずすなり、大太刀を軽くのばして三宅の頬《ほお》を突いた。

突いた、というより、三宅がその頬を武蔵の剣先にもってきたというほうがより正確であった。

三宅は天井を仰ぎつつ転倒した。起きあがれなかった。仲間が介抱に駈け寄った。

武蔵はちょっとのぞきこみ、

「いま薬と晒《さらし》をもってきて進ぜる」

と奥へ入り、やがてそれらをもってきてすばやく手当をしてやった。

こういう行動のしなやかさ、寛容《ひろやか》さは、以前の武蔵にはなかったところであろう。武蔵は巌流島《がんりゅうじま》以後、その兵法がめだって熟しはじめたが、それに従ってその人間の現れかたも変わりはじめた。三宅軍兵衛はこの試合以後、すこしも意趣をふくまなかったばかりか武蔵に傾倒し、その門人になった。ひとをそのようにしてゆくゆとりが、武蔵のなかにできはじめたというべきであろう。

二

武蔵は、その後京にのぼり、数年この地に滞留した。この天才が禅に対して大きく傾斜したのもこの時期からであろう。

しかし、かれがいわゆる開悟したかどうかはわからない。ただ、その心境が一段と進んだ。

「一つの技法、一つの道理を自分こそ見出したりとおもっておどろきかつよろこぶが、よくよく考えてみるとそれらについては先人がすでに道破している」

という意味のことを言いだしたのはこのころらしくおもわれる。先人とは兵法の先人というよりも禅や諸芸の先人のことをさすのであろう。かれは兵法においてかれの言う「独行道《どくぎょうどう》」を歩んだが、その兵法を進めて形而上《けいじじょう》的な思考をかれがしようとするとき、禅や諸芸の世界をのぞかねばならなかった。おそらくこの時期、かれは身をかがめて聴かねばならぬ大いなる世界をすこしずつ知りはじめたのにちがいない。

同時に、俗欲もつよくなった。

すでに武蔵は名を得た。この名声にふさわしい地位をかれは得たくなった。かれの兵法はなるほど齢《よわい》三十をさかいに一進境を遂げたが、かれのそういう面の、つまり俗世間への野心はむしろ無我夢中だったその自己試練期よりもはるかにはげしくなったようにおもわれる。

かれは、仕官を欲した。

この点かれは、かれ以前の兵法諸流の流祖とは多少ちがっていた。

兵法には、一種、虚無がつきまとうものらしい。その心境がふかまるにつれて虚無もいよいよ深くなり、このため、道をきわめたとされる多くの流祖は、その終りが定かではない。白雲のかなたに消えたというような、そういう神仙的表現を用いるほかないような消滅の仕方が多く、たとえば伊藤一刀斎なども、そうであった。かれの終るところを知らない。

ひとつは、時代にもよるであろう。

兵法の流祖は、室町から戦国時代にかけてあらわれたが、太刀振りなどという兵法技術はこの乱世では尊重されなかった。馬を駈って槍と小銃で戦うこの戦争時代は、太刀ふりなどは雑兵《ぞうひょう》のわざでしかない。兵法の兵は雑兵の兵であり、兵の技術である。士の技術ではなかった。このため流祖たちは仕官をしようにも、門地のない牢人あがりならばせいぜい徒士《かち》にしか採用されず、騎乗《うまのり》の身分にはなかなかなれなかったであろう。このため流祖たちはついには山中に隠れるか、ともかくも世間を捨てるほかなかったにちがいない。

が、武蔵が名を得たときは、徳川政権の成立期である。兵法は、世間から評価されはじめていた。それほどに普及もし、大名ですらこれを学ぶ者が多くなっていた。仕官しようとおもえば腕次第では大名のほうで捨てておかぬ世になっている。

（自分ほどの者ならば）

という自負が、当然武蔵にはある。かれが望めば、たとえば細川家などはよろこんで召しかかえてくれるであろう。

しかし武蔵の野望の類例のなさは、その程度の仕官は望まぬことであった。

(できれば将になりたい)

とかれはおもっている。

将というのは軍陣の駈けひきをする者であり、石高でいえば三千石以上であろう。三千石以上のものといえば、たとえば物主《ものぬし》、物頭《ものがしら》であり、侍大将、足軽大将というべきものであった。

しかし、現実の世間は兵法使いというものをそこまで評価していなかった。普通、大名が兵法者《ひょうほうしゃ》を指南役として召しかかえる場合、三百石程度のものであった。大大名でも六百石が限度といっていい。三百石や六百石程度の者では戦場では一将校であるにすぎず、一隊の指揮官ではない。武蔵はそれでは不満であった。

京にいるときも、ときどき大名の使いがきて、

「いかがでありましょう、拙者主人何々守《なになにのかみ》は兵法執心のお方であり、貴殿の高名を存じておられる。仕官のお気持はござらぬか」

というように誘いをかけてきた。武蔵はつねに言下にことわった。理由はいわない。

「多少の存念がござれば」

というだけである。もし理由をあかせば、相手はその要求の過大さにあきれるか、あるいは武蔵を狂人とおもうかもしれなかった。

武蔵のこういう時期、大坂で残存している前政権の当主豊臣秀頼が、徳川政権との衝突を予期して諸国の牢人をあつめはじめた。

――応じようか。

と、武蔵はこのことに魅惑を覚えた。もし豊臣家が江戸の新政権をたおすことができれば武蔵はあるいは三千石以上の身分になるかもしれず、功名の次第では大名になることも夢ではないかもしれなかった。

このころ世間では、

「こんどもし大坂に乱がおこれば、もはやそれで日本のいくさのたねは尽きるであろう」

とうわさされた。関ケ原以来牢浪《ろうろう》の者や野にかくれて志を得ぬ者や武芸自慢などがあらそってこの徴募に応じた。

その数は、十万といわれた。

武蔵も京を離れ、大坂に下向《げこう》した。かれは大坂城に入った。

この牢人徴募の応接は、秀頼の家老である大野《おおの》修理《しゅり》治長《はるなが》があたっていた。もと大名であった者も、入城した。それらかつての大将分《ぶん》であった者に対しては大野治長みずからが応対してその処遇をきめたが、武蔵のようなかつて関ケ原でも微賤《びせん》の走卒にすぎなかった者は、治長の家来が応接した。

牢人たちは、もとの身分や、かつてどれだけの人数を指揮したとかいう前歴でその職分の高下がきめられた。

七将と通称された将官の列には、かつて大名の子であった真田幸村《さなだゆきむら》、毛利勝永《もうりかつなが》（吉政）、土佐の国主であった長曾我部盛親《ちょうそかべもりちか》、万石以上の侍大将として戦歴のゆたかな後藤又兵衛基次《もとつぐ》、明石掃部全登《あかしかもんたけのり》らが名をならべたが、武蔵はそれら十万人のなかでどのような位置にいたか、武蔵自身がついに生涯語らなかったためわからない。

しかし、冬ノ陣と夏ノ陣に参戦したことについては、かれ自身の生涯をかざる実戦歴としてつねにひとにも語った。

かれが晩年、細川家の当主忠利《ただとし》にさしだした上答書《じょうとうしょ》（履歴書）では、

「若年のころより戦場に出ましたこと、都合六たびであります。そのうち四度は拙者より先を駈けました者は一人もありませぬ。その段あまねくひとの知るところで、証拠もございます」

と書いているが、具体性にとぼしい。また「二天記《にてんき》」にはきわめてみじかくこう書

かれている。

「慶長十九年、大坂陣、武蔵、軍功、証拠あり、三十一歳。翌元和《げんな》元年、落城なり」

というのみである。

しかし、大坂ノ役《えき》関係のあらゆる資料のどこにもかれの名が片鱗もみえぬところをみると、武蔵は微賤の軽士として大坂城の石垣のなかにこもっていたにすぎなかったのであろう。

北条安房守

一

徳川家の重臣に、北条《ほうじょう》安房守《あわのかみ》氏長《うじなが》という人物がいる。二代将軍の秀忠につかえ、大目付《おおめつけ》（大名や、大身の旗本に対する監察官）をつとめた。賢人ともいえるし、ややちがうともいえる。賢人というには、多少その言行にきらびやかすぎるところがあったからである。

例をあげていうと、あるとき閣僚があつまって重要な会議があった。論が出つくし、結論が出たあと、座長格の酒井《さかい》雅楽頭《うたのかみ》がふと安房守が終始無言でいたのに気づき、

「お手前は、なにも言わざったが、なんぞご存念があろう。申してみられよ」

というと、安房守はうなずき、意外にもその結論に自分は不賛成である、という。

これをきき、一座のうちでもっとも多弁だった松平《まつだいら》 伊豆守《いずのかみ》信綱が、

「これは聞えぬ」

と、扇子をあげ、安房守を指し、詰問した。この松平信綱というのは「智恵伊豆」とあだなされたほどに俊敏な男である。

「議も果《は》て、話もすんでから、不賛成とはなにごとである。それならばなぜ評定《ひょうじょう》のときにものを申さぬ。政事にたずさわる役人としてその職に不忠実というべきである」

というと、安房守は猪突《ちょとつ》してきた敵を、わなにおとしこもうとするようなおちつきぶりで、豆州《ずしゅう》どの（信綱）のお怒りはもっともなれど、と扇子をひざに立てた。

「それがしは、大目付の職にある。大目付というのはみなみな様よりも下職《げしょく》ではありますけれども、しかしその職権は重く、みなみな様に非曲があればそれを上様に申しあげて正してゆかねばなりませぬ。そのことがそれがしの職分でござるのに、いまこの評定の席で、たとえばそれがしが舌を軽くし、唇をひるがえして可否をしゃべるとなれば、それはみなみな様とおなじことになる」

この意味はつまり、自分は司法官であってみなさんのような行政官ではない、ということをいっているのであろう。めずらしいほどに論理的な頭脳のもちぬしである。

「されど、大目付というのは、つねにだまりこくっているものなのか」

と、松平信綱がさらに攻撃すると、

「左様。だまりこくっている。しかし上様からこのことにつき御下問があれば、そのときだけ可否を申しあげる」

「なるほど、おみごとである。しかし」

と、まとめ役の酒井雅楽頭がとりなし、しかしそのように固いことをいわず、この席でご意見をお洩らしあれ、というと、北条安房守ははじめて膝をすすめた。

かれの意見は、この座の決議とは反対であったが理路整然としており、一座のことごとくをなっとくさせてしまい、ついに決議は変更され、かれの意見に従った。

そういう逸話が多い。

この北条安房守は右のような能吏として高名になったのではなく、北条流軍学の創始者として当時きっての名士になった。

軍学というのは、江戸初期の産物である。

実戦の世がやや遠ざかり、大名も武士もいくさの仕方、軍陣の作法、築城法、野戦の戦術、大将の心得、足軽のつかい方などといったふうのことを知らぬ者がほとんどという時代になってきた。このためそれを教える師匠が必要になった。

それが、軍学師匠である。最初は旗本の小幡勘兵衛景憲《おばたかんべえかげのり》という人物が甲州の武田信玄の戦法を研究し、自分の実戦経験も加味して甲州流軍学というものを創始した。その門に学ぶ者多く、門人二千人といわれた。この門人のなかでもっとも著名な者が、右の北条安房守氏長、山鹿素行《やまがそこう》である。

この泰平期の軍学というのは、多分にいいかげんなもので、学問とはいいがたい。学祖の小幡勘兵衛ですら、「甲陽軍鑑《こうようぐんかん》」という、小説本のようなものを原典としてありがたがったし、北条安房守なども、「平家物語」、「源平盛衰記」、「太平記」といった戦記小説に取材し、これに史的価値を置きすぎ、それをもって戦術学をうちたてているため、滑稽な部分が多い。

そのおかしさ、あいまいさは、このような学問の巨人である小幡、北条、山鹿などはひそかに気づいていたであろう。気づいていてなお雄弁にこれを「真理」として弁じ立ててゆくところに、かれら軍学者共通のやや虚喝《きょかつ》な性格があった。この軍学者仲間からついに由井正雪《ゆいしょうせつ》のような一種の世間師が出てくるにいたるのは当然であったといっていい。

ともあれ、北条安房守である。

二

北条安房守は、武蔵が江戸に出てきていることを知って、ぜひ会いたいとおもった。

「あの男だけは、ほんものだ」

と、安房守は、かねがねいっていた。以前武蔵が江戸に滞在していたときも、安房守は武蔵を自邸によび、武蔵もしばしばこの幕府の大官をたずね、身分のちがいはあっても、昵懇《じっこん》の仲になっていた。

「武蔵から兵法《ひょうほう》の話をきけば、大いに軍学として得るところがある。兵法は一人が一人をうちまかすわざであり、軍学は数千数万の大軍をうごかして数千数万の大軍をうちやぶる学問であるが、底の道理に相通《あいかよ》ったところがある」

といっている。このため武蔵の以前の江戸滞在時代にも、

――兵法の極意をきかせよ。

と、安房守はよくいった。しかし日本の芸の伝統として芸の極意はみだりに埒外《らちがい》の者には明かさぬことになっている。

「しかし、明かしましょう。そのかわり、殿の軍学の骨髄をも、拙者にお明かし下さ

れ」

と武蔵が言い、そういうことで、両人は相互になにごとかを得合《えあ》う間柄になった。それほどの間柄である。

「武蔵が江戸にきているとすれば、わしのもとに来ぬはずがないが」

と、安房守はいった。

事実、武蔵が安房守を知己にもっているということは、他の剣客からみれば羨望《せんぼう》にたえぬほどの強味であったであろう。安房守は単に幕府の高官というだけでなく、日本中の大名の半分以上がかれの直接間接の軍学の弟子なのである。武蔵は、この安房守にその名を吹聴《ふいちょう》されることによってひとつには高名になった。単なる野の兵法使いという、いわば武家社会ではさほどに尊敬されぬはずの境涯でありながら、武蔵の名が、一種高士といった格調のひびきをもって世間に印象されるようになったのも、ひとつはこの北条安房守の存在があったからであろう。

——あの男も、高名になった。

と、安房守はおもう。むろん恩着せがましくおもっているのではなく、巌流島《がんりゅうじま》での勝利が、細川家数万の武士の口から耳へとつたえられてもはや兵法の世界では武蔵の名は群雄をひとりで圧しているおもむきがある。安房守はそのことをいう。

——そのように高名になった武蔵もみたいし、巌流島での実闘譚もききたい。

そうおもい、使いを武蔵の宿所にやった。


武蔵が、訪ねてきた。

対座するや、かれらの話がいつもそうであるようにいきなり兵法、軍学のことに入ってゆく。武蔵は、小次郎とのたたかいをこまかく語り、そのなかから道理をひきだしてきては、安房守に説明した。

(この男の慧《さと》さよ)

と、いつものことながら武蔵が抽出《ちゆうしゆつ》してくる道理、原理といったものに、安房守はおもわず膝《ひざ》をたたいた。安房守が感嘆するのは武蔵の強さというよりも、かれが自分の体験を抽象化して法則を見つけてゆくその能力であった。この点では安房守のみるところ、単に兵法の世界にとどまらず、当代のたれよりもぬきんでていたし、あるいは古今独歩であるかもしれず、強いてそれを先人にもとめれば能楽の世阿弥《ぜあみ》があるのみであろう、と安房守はおもうのである。

武蔵は、毎日きた。

ある日、安房守はかねて考えていたことをきりだした。

「仕官について、足下《そっか》はどうおもう」

ということである。安房守は武蔵ほどの盛名ある者なら諸国の大名からひく手があまたあろうにいまなお牢人《ろうにん》の境涯にいるのは、なにか格別な理由があるのか、とききたかったのである。

「その仕官のこと、考えておらぬわけではございませぬ。いやむしろ、それについての志は、すでに腹にきめております」

「ああ、細川家に」

と、安房守はさきまわりした。武蔵と細川家との縁のふかさを考えると、当然、推測はそこへゆく。そうか、細川家へ仕官するつもりか、というと、武蔵は頭《かぶり》をふった。

「いいえ、その存念はございませぬ」

武蔵は、自分の気持を語りはじめた。まず芸でもって自分を売りわたすことはしたくない、ということである。

諸大名というものは、武芸者を芸で買う。芸で買えば、せいぜい百石から五、六百石どまりであり、武芸という個人技術はその程度にしか評価されていない。武蔵の心中、これは片腹いたい。

「拙者は、兵法を売ってしかるべき禄にありつくためにこの道に入ったのではござらぬ。この道がおもしろきがため、ただそれだけのためにこの道を歩んでおります」

事実、そうであろう。多くの兵法の名人達人たちもそうであったにちがいない。たかが百石の禄を得るためなら、少年のころから山野に起き伏し、骨身をけずる修業をし、何度か生死を賭けた試合をするなどということはばかばかしくてできぬであろう。ただわが身でそれがおもしろいからやってきたのであり、立身のためならこれほどばかばかしい道はなく、武蔵が、

――芸で評価されてはかなわない。

といったのもそれであろう。芸で仕官するならその程度の安い禄でしかなく、それでは武蔵の自尊心がゆるさなかった。

「すると、大名には仕えぬといわれるのか」

と、安房守はきいた。

武蔵は、はっきりとうなずいた。仕えないが、しかし、

「御直参《ごじきさん》ならば」

といったのである。徳川家の旗本になることであった。武蔵の野望は、安房守がおもっていた以上に大きかった。安房守は当初、

（大名に仕えたいならば、自分の門人の大名にその旨推挙《すいきょ》してやってもいい）

とおもっていたのである。しかし武蔵は天下の直参であることを望んだ。なるほどそう切りだされてみれば武蔵ほどの盛名をせおっている者なら直参というのもあながち不適当ではないであろう。

「なにぶん、ご直参となると、新規の御召しかかえというのはほとんどない」

と、安房守はいう。直参というのは家康の発祥地《はっしょうち》である三河《みかわ》武士が中心になっている。かれらは家康の勃興期に家康とともに働いて徳川の家をおこした者の子孫である。ついで遠州・駿河《するが》の衆がいる。戦国期におけるもとの今川家の侍で、家康の勢力がこの両国にのびたときにその遺臣を傘下《さんか》に加えた。ついで大量に徳川家の家士《かし》がふえたのは、信長の死後、家康が甲州の旧武田家の残党をひとまとめして家臣にくわえたときであった。かれらは武田信玄の遺法を身につけているだけに戦場ではつよく、この徳川家の武力は大いにあがった。前記小幡勘兵衛は武田家の旧臣であり、この前後に徳川家に仕えた。勘兵衛が軍学者として大いに名をあげたのも、武田家の遺臣であるという由緒《ゆいしょ》が役に立っていたであろう。

そのあと家康は豊臣家の大名になり、小田原の北条氏の征伐に参加した。北条氏がほろび、その遺領の関東八州の地を家康は秀吉からもらった。このとき家康は、旧北条氏の遺臣を大量に召しかかえた。この北条安房守氏長の父繁広は北条家の侍大将のひとりであったが、このときに召しかかえられた。

このようにして徳川家の「御直参」というものはできあがっている。いまさらこの泰平の時期に新規に人は要らない。

「ひとつ、奔走してみよう」

と、北条安房守はいった。しかしここで困難なことがある、と安房守はいう。徳川家の剣術指南役としてすでに人が居ることであった。柳生《やぎゅう》流の柳生但馬守宗矩《たじまのかみむねのり》と一刀流の小野次郎右衛門忠明のふたりである。

――これ以上、必要かどうか。

と、いう懸念《けねん》がある。しかしこういうことは運動してみたうえでなければわからない。

「して」

と、安房守は、もっともかんじんなことに話題を転じた。禄高のことであった。推挙のばあい、本人の希望する禄高をきいておくのが慣例なのである。

「禄高は、いかほどおのぞみか」

「はて、柳生どのは、いかほどでござる」

と、武蔵は柳生家の禄高ぐらいは知っているが、この場合、逆にきりかえした。この点、かれの兵法思想に似ていた。相手にまず仕掛けさせるのが武蔵の兵法であった。

「しかし、柳生家は」

と、安房守は言い淀んだ。柳生家はこの場合の例にならないのである。この家はもともと兵法をもって徳川家に召しかかえられたのではなく、大和添上《そえかみ》郡柳生庄で十数代もつづいた名家なのである。関ケ原以前に家康に加担し、上方《かみがた》の情勢を家康に内報しつづけたことで功があり、関ケ原ののちに当主宗矩が召しかかえられ、その後宗矩の政治能力を家康は高く評価して側近のひとりにし、大坂ノ役《えき》でも軍功をたて、ついに一万二千五百石の大名になった。家康はこの宗矩から剣術のひと手も習わなかったから、その芸をもってとりたてられたのではない。

安房守は、武蔵の自尊心を傷つけぬよう、その事情をやわらかく説明した。武蔵は説明されずともわかっていた。

「しかしながら小野次郎右衛門忠明は芸のみで召しかかえられたお人である」

と、安房守はいう。

小野次郎右衛門は上総《かずさ》のひとで、郷士の出である。伊藤一刀斎の門人でその道統《どうとう》を継いだ。かれが徳川家に仕官したのは秀吉の朝鮮の役のころであり、古い。家康にかれを推挙したのは安房守の先師の小幡勘兵衛であったから、安房守はこの間のいきさつをよく知っていた。はじめは禄二百石であった。それが兵法者としての禄であり、まだ多すぎるほどである。その後次郎右衛門は大坂ノ陣などに出て多少の軍功をたてたこともあり、そういう武家としての当然の理由で加増をかさね、いまは六百石になっている。

「さて、おだまりになっていてはわからぬ。お望みの禄高を洩らされよ」

というと、武蔵はゆったりとした目で、声音《こわね》もしずかに、

「三千石」

といった。

安房守は、仰天するおもいであった。三千石といえば、幕府の大目付であるかれ自身と同じ禄ではないか。

とほうもなかった。三千石といえば江戸城御留守居頭《がしら》というほどの重職をもつ伊沢《いざわ》隼人正《はやとのしょう》で三千石である。幕府の儀典をつとめる高家衆《こうけしゅう》といえばすべて名家の子孫であるが、上杉伊勢守が千五百石、織田主計頭《おだかずえのかみ》が千石、畠山下総守《はたけやましもうさのかみ》が三千百石である。戦場にあっては馬印《うまじるし》を用いることをゆるされ、一隊のぬしになる。

安房守は声をのみ、押しだまってしまったが、これとは逆に武蔵は急に能弁になった。

「その三千石を一俵でも欠けてはいやでござる」

という。安房守はいよいよことばをうしなった。武蔵は自分の名声を、禄高で計算しているのではないか。武家の禄高というのは、門地、父祖が徳川家につくした功、自分が徳川家に対してたてた武功、文功など複雑な計算要素がからまっているが、一介の牢人が、単に名声があるからといってそれだけの計算で自分の禄を希望するなど、安房守はきいたこともない。

――私の名声にはそれだけの価値がある。それ以下の禄高ならばむしろ恥であり、お受けしない。まして大名の家来になるなどは自分の名声とつりあわない。

という旨のことを、武蔵はいった。

(この男、増長したのではあるまいか)

と、安房守は武蔵の顔が気味わるくなってきた。しかし名家の出だけに、そこは顔色にも出さず、顔つきをできるだけおだやかにしてだまっていた。

さらに武蔵は弁じた。

「拙者は、武芸だけの男ではありませぬ。武芸だけならば小野次郎右衛門の六百石相応でありましょう。しかし拙者が将来に希望するところは天下の政治の補佐をしたいことでござる。それにはどうしても三千石の身分が要りましょう。さらにはいざ軍役《ぐんえき》のときには一軍をひきい、合戦の采配をとりたい。それにはどうしても三千石の身分が要り申す」

安房守は、力なくうなずいた。武蔵は、軍学者の安房守にむかって、自分を軍学者として評価をせよ、しかも軍学者北条安房守とおなじ禄高で推挙せよ、というのである。

安房守は自分が言いだしたことでもあり、武蔵をかれの希望するかたちで徳川家に推挙せざるをえなくなった。

晩年

一

武蔵の後半生は、いわば緩慢な悲劇であったといえるであろう。

かれは、自分にふさわしい地位を得ようとした。それが、かれにとって業《ごう》になった。幕府に官禄を得ようということがこの業にあくせくするかれの最初の猟官《りょうかん》運動であったが、しかしこのことは不幸にも不調におわった。

——とても、三千石などは。

と、幕府の要人たちは、みなくびを横にふるのである。徳川家に軍功も文功もない一介の牢人《ろうにん》がいきなり三千石をもとめようとするのは、ほとんど狂《きょう》したというにちかい。

「安房《あわ》どののものずきな」

と、仲介者の北条安房守《ほうじょうあわのかみ》の肩入れの仕方などをみな滑稽におもった。

「武蔵は多少の名声を得たのでおもいあがってしまったのであろう」

と、江戸ではうわさされた。

安房守は、幕閣の要人が右のようであるため、将軍秀忠にじかに話した。しかし秀忠はその官僚の反対をおしきってまでして人事をするような、そういう将軍ではなかった。

「召しかかえるわけにはいかないが、しかし二刀というのはおもしろい」

と、秀忠はいった。秀忠が武蔵について理解できたのは、二刀を同時にあやつることのできる魔術的な技能者ということだけであったであろう。秀忠は、

——ぜひ、その二刀をみたい。

と、安房守にいった。御前で演武させよ、というのである。安房守は退出してこの旨を武蔵に伝えた。

武蔵は、即座にことわった。

かれにすればこれほどの屈辱はなかったにちがいない。かれは「剣の道理からみちびきだして多少政治のことに思い至り、向後《こうご》は政治のなかで自分の道理をためしてみ

たい」という理由で幕臣たろうとし、それも三千石を希望した。ところが秀忠の興味はあくまでも兵法《ひょうほう》使いとしての武蔵にあり、それも二刀を使うというただそれだけの、いわば奇術をみるような関心しか示していない。

「お断り申すほかない」

と武蔵は、安房守の説得に対しておなじことばをくりかえした。安房守はやむなく将軍秀忠にそのように復命すると、

——では、絵をみたい。

と、秀忠はすぐ策を変えた。武蔵はこのことだけは拝命し、屏風一双に絵をかき、献上した。秀忠がその絵をどのようにおもったかということは、伝わっていない。

江戸での仕官に望みをうしなった武蔵は、そのままこの府を離れた。かれが生涯、ついに江戸の土を踏むことがなかったのは、このときの失望が、あるいは怨念にまでなっていたのかもしれなかった。

かれは、尾張名古屋に指向した。

(徳川宗家《そうけ》が自分を迎えぬとなれば、せめて尾張徳川家を)

と、かれは思った。尾張徳川家は宗家の徳川家のような将軍ではないにしても、御三家のひとつで並みの大名からみれば別格である。この別格であることが、武蔵にと

って重大事であった。かれは自分を、ならび大名の家来としては売りたくない。

尾張徳川家には、付《つけ》家老というのがいる。家老とはいえ、この家にはとくに江戸の宗家から譜代《ふだい》大名級の者が家老として特命で出向し、尾張徳川家の家政と行政いっさいを総攬《そうらん》しており、さらに裏面ではこの尾張家が万一謀叛《むほん》などをおこす場合を想定し、監視役としての威権もたされていた。それが、成瀬《なるせ》家である。初代は成瀬隼人《はやとの》正《しよう》正成《まさなり》で、これは関東で高《たか》二万石を食み、家康の側近衆のひとりであったが、家康がその第九子義直をもって尾張徳川家をたてるについてこの成瀬正成を付家老とした。正成は武蔵のこの当時までに病没し、いまはその子の隼人正正虎《まさとら》の代になっている。

「尾張に参られるならば、かのはやとのしょうどのを頼らるるがよろしかろう」

と親切にもいってくれたのは、北条安房守であった。

安房守は江戸での仕官運動が不調におわったことをわが罪のようにおもっていたから、成瀬正虎に対し、あらかじめ武蔵紹介のための飛脚便まで差し立ててくれた。安房守はなかなかの筆達者であり、その表現力をつくして武蔵をほめ、武蔵を召しかかえることは尾張徳川家の名誉にさらに花を添えるものである、とまで書いた。武蔵は、すでに先着している安房守の手紙のおかげで、ただ素《す》のままで尾張に入ればよかった。

武蔵は尾張に入った。

二

この尾張徳川家には、兵法の世界ではいまひとつ評判のことがある。剣の柳生流《やぎゅう》の宗家がここの指南役であることであった。

柳生家というのは石舟斎《せきしゅうさい》に五人の子があり、末子の柳生宗矩《むねのり》が大名になった。名古屋柳生家は、その長男の家系であり、名古屋においてはむしろこの家をもって柳生の本家であり、道統《どうとう》の宗家であるとしている。

実技、心境ともに江戸の柳生宗矩をしのぎ、流祖石舟斎をもしのぐかもしれないという名人とされている。

(はて、尾張の柳生がどう出るか)

という懸念《けねん》が、武蔵にないでもない。しかしながらやや見通しのあかるいことに、尾張徳川家は兵法を柳生流一派にかぎっておらず、いくつかの流派の指南役をかかえていることであった。

武蔵が名古屋城下に入ったのは、すでに秋のふかむころである。屋敷屋敷に植えられた柿の赤さが、秋の空を装飾している。どの武家屋敷のどの塀からのぞく柿の木もすべて若木であることが、この尾張徳川家の家歴の若さを証拠だてていた。中納言義直がこの名古屋に城を完成させてからまだ十年をいくばくも越えておらず、当主義直自身がまだういういしく、はたちになってほどもないのである。

義直は家康の子のなかではもっとも英気《えいき》潑剌《はつらつ》とした人物であったであろう。かれは自分にあたえられた六十一万九千石の封国《ほうこく》をもっともかがやかしいものにしようとおもい、その家来には知名の人士をあつめようとしていた。武蔵にはおそらくこの家ほど、かれの運動にとって都合のいい家はなかったであろう。

ここに、ふしぎなめぐりあいがある。

尾張に入った武蔵は、名古屋城下における成瀬家をたずねようとし、廓内《かくない》の武家屋敷街に入り、ゆるゆると道をあるいていると、むこうから中年の武士がやってくる。みるからに異彩があり、尋常な者ではない。

（あれほどの者、世に多くいるとはおもえない。土地が名古屋であることを思いあわせると、柳生兵庫助《ひょうごのすけ》ではないか）

とおもった。同時に柳生兵庫助のほうでもそのようにおもった。

武蔵は、五尺八寸に近い巨漢である。眼光尋常でなく、地を這《は》う影までが生けるがごとく油断なく、歩を運ぶだけで五体から精気を発し、いささかの隙《すき》もない。

（世に武蔵という者がいる。かの者はおそらく世にきく武蔵であるにちがいない）

そう思い、しかし擦《す》れちがう危険を避けて辻へ入った。同時に武蔵もおなじ理由で手近の辻へ入り、兵庫助を避けた。

武蔵は、成瀬正虎から歓迎された。正虎は武蔵のために宿のことまで配慮した。宿は大導寺玄蕃頭《だいどうじげんばのかみ》という正虎の配下の屋敷で、武蔵はここでも手あついもてなしを受けた。

「ぜひ、家中《かちゅう》の者をお導きくだされ」

と大導寺がいうので、武蔵はここでも門人をとりたてた。

頃をみて、成瀬正虎が武蔵をよび、仕官のことを話題にした。むろん、武蔵の体面ということもあって、正虎は、かれ自身の口から当家への仕官を勧め武蔵の意中をたたくというかたちをとった。武蔵に否《いなや》はない。問題は、処遇であった。

——三千石を賜わりたい。

というのが、武蔵の希望であり、この石高から一粒でも欠けてはいやだという。

（これは、どうかな）

と、成瀬正虎はこのとき、もはやこの話はむずかしかろうとおもった。

尾張徳川家の武芸指南役は、ゆうに天下の水準をぬいていた。兵法には柳生兵庫助利厳《としよし》、弓術は名人弥蔵といわれた竹林坊《ちくりんぼう》弥蔵とその兄新三郎、槍術《そうじゅつ》では管槍《くだやり》をもっては天下におよぶ者がないという田辺八左衛門、柔《やわら》では梶原左衛門など錚々《そうそう》たるかおぶれである。それがみな石高はひくい。

柳生兵庫助さえ、六百石である。かれははじめて召しかかえられたときは、五百石であった。他の武芸指南役もみな新知《しんち》は五百石ということにきまっている。それを武蔵にかぎって三千石にするということは、家中の思惑、人気、統制のうえで不可能であろう。

しかし、正虎はその石高をもって主君義直に推挙してみた。意外にも義直は、

「三千石で、いいではないか」

といったのである。補佐役として正虎のほうが、この主人のわかさに狼狽《ろうばい》した。中納言《ちゅうなごん》義直のいうには、

「武蔵は日本一であるという。わが尾張家の家臣に列せしめるにふさわしい人物である」

というのである。義直にすれば、他の大名家に対する見栄であり、尾張家の栄光をいやますための装飾ということにつねに新規召しかかえの基準を置いていた。武蔵ほどの者ならこの点、申しぶんはない。

むしろ、正虎のほうが消極的になり、

「召しかかえは結構しごくでござりまするが要は新知三千石というこの一件でござりまする。このこと後難《こうなん》をよぶおそれがあり、他の重臣《おとな》どもにもよくご相談なされ、そのうえにてゆるゆるとおきめくださることこそ肝要かと存じまする」

といった。義直は、そのようにした。おとなどもはみなくびをひねった。結局、ひとりが智恵を出し、

「御家の兵法家である柳生兵庫助に武蔵の兵法がどれほどのものかをお聞きただしになればいかがでございましょう」

といった。義直はこの妙案によろこび、すぐ柳生兵庫助を召致し、

――わがために武蔵の兵法を語れ。

と命じた。

兵庫助は、しばらく思案した。

答えにくい下問であった。第一に兵庫助は武蔵の三千石希望の一件は、すでにうわさとしてきいており、これに反対すれば兵庫助が嫉妬《しっと》をしたと勘繰《かんぐ》られるおそれがある。次いで、兵庫助は武蔵と立ち合ったこともなければ、親交もない。この両眼で武蔵を見たのはあの武蔵が名古屋城下に入ってきたあの日きりである。

しかしながら、兵庫助はただそれだけの縁ながら、武蔵の本質は自分は見ぬき得ているという自信がある。武蔵の評判は家中で高く兵庫助の門人も武蔵が兵法をおしえている現場を見、兵庫助にその様子を伝えており、兵庫助にとってはそれだけで十分であった。

「かの武蔵の兵法は」

と、兵庫助はいった。

「他人には教えられませぬ。なぜならばかれは固有の気を用いるからでございまする」

義直には、わからない。その理由をさらにくわしく説明せよ、といった。

兵庫助はいう。「なるほど武蔵は日本一の強さでございましょう」と、まず賞揚した。

しかしかれの兵法は、技術体系というより多分に哲学である。かれは勝負をすればなるほど強い。その理由はかれの技術体系の卓抜さにあるのではなく、かれがかれ自身のからだにそなわった固有の精気を用いるからである、と兵庫助はいう。これをさらにくだいていうと、例をひかねばならない。蛇が蛙《かえる》を呑むのは蛇が蛙よりも敏捷であるということではない。蛇に固有の精気があるためであり、蛙にとってみれば蛇に見こまれたときすでに心気喪失し、呆然となり、身を草むらにすくませているだけの状態になる。蛇はただそこまで行って蛙を呑むだけでいい。獅子が兎を呑むときもそうであろう。武蔵は蛇であり、獅子である。万人に一人といっていい固有の精気をそなえている。

兵庫助はそう説く。

だから、武蔵の兵法というのはひとに教授できないものである。さらに兵庫助のいうところでは、武蔵が兵法を哲学として説きたがるのは、かれの技術が技術として説いて説ききれぬものがあるからである、という。義直は、おどろいた。

「武蔵の兵法は、人に教えられぬか」

人に教授できない技術であれば、それを指南役として、しかも高禄で召しかかえるのは意味がないであろう。

「武蔵自身はそのことをさとっていないかもしれませぬが、とにかくかれの兵法はかれだけのものであり、他に及ぼせませぬ。これを妄言《もうげん》とおぼしめすならば、御前においてかれのわざをごらんあそばしますように」

と、兵庫助はいった。

義直は、左右に命じ、武蔵の演武を見ることにした。結果は――義直自身、武蔵の実技に驚嘆しはしたが——兵庫助のいった予言は予言でみごとに的中した。

この演武では、武蔵の相手としてわざと家中での錚々《そうそう》たる者をえらばず、ことごとく未熟者をえらんだ。一流を教授している者に試合をさせればその者に傷がつく。演武をみる程度なら、未熟者で十分であるという兵庫助のことばを採用したのである。

演武では武蔵はいっさい手を動かさず、青眼《せいがん》に持《じ》し、相手を剣尖《けんせん》ひとつで追いつめた。相手は、みな武蔵と対峙《たいじ》するだけで蒼白になり、あぶら汗をながし、荒息を吐き、やがて羽目板《はめいた》にまで押しつけられると、一種恍惚の表情になる。武蔵はゆると剣をあげ、かるくかれらを撃つ。かれらは武蔵の剣を迎えるがごとく、なんの動作もしない。

（そのことか）

と、義直はすべてを領解《りょうげ》した。

兵庫助の武蔵論は、おそらく武蔵の本質をその背後まで突きとおしたものであろう。武蔵の兵法のその後の運命をまで予言する結果になった。武蔵の兵法は、かれの死後、二刀流、円明《えんみょう》流、武蔵流などといわれてこの尾張名古屋や豊前《ぶぜん》小倉、肥後熊本などに残ったが、ほどなく絶えた。武蔵と同時代の、武蔵よりもやや先輩にあたる伊藤一刀斎がうちたてた一刀流が、その後かずかずの流派にわかれて日本剣道の正統として栄え、数世紀をへたこんにちにまでひきつがれていることをみれば、武蔵の兵法体系には欠陥があったとしか思えず、その欠陥は、武蔵存生《ぞんしょう》当時、かれ自身がその固有の気で埋めていたとしかおもえない。

武蔵の、この尾張での仕官は右のようなことで不調におわった。

武蔵はその後、九州にくだった。小倉で逗留《とうりゅう》した。そのころ小倉は細川家が肥後熊本に移り、小笠原家が城主であった。小笠原家は武蔵を招聘《しょうへい》しようとしたが、これは武蔵のほうからことわった。はじめに幕臣になろうとし、ついで尾張徳川家に仕官しようとしたかれが、それらが不調におわったからといって他の大名の平凡な家臣になることは自分の価値を値引くような、そういう不快さがあって、かれの自尊心がゆるさなかったのであろう。

その後、武蔵はなおも幕臣になることについて望みをすてきれなかったようであったが、しかし天はかれにそういう運を恵まなかった。

晩年、細川家から招聘があった。

このときの細川家当主は三代目の忠利《ただとし》で、人の心の微妙さがわかるひとであり、武蔵をまねくにあたって禄をもってしなかった。

「武蔵の兵法に値段をつけては悪《あ》しかろう」

と、忠利はいった。

禄をあたえれば、身分の上下がつく。たとえ五千石をあたえても、それ以上の禄高の重臣はおり、武蔵は当然序列としてそれらの下風に立たねばならず、世間であれほどの名声を得ている武蔵としては堪えられぬところであろうということを忠利は見たのである。

このため、武蔵のほうも、この交渉をうけたとき、

「客分」

という身分をのぞんだ、嘱託、相談役、顧問といったような位置であり、家士ではないだけに家臣序列のそとにある。細川忠利はそれを了承し、とくに武蔵のために、

「堪忍分《かんにんぶん》の合力米《ごうりきまい》」

という、藩の給与行政にはない特別な手当を創設した。合力米というのは寄付という言葉にちかい。堪忍分というのは「少なかろうがこれで辛抱せよ」という意味である。武蔵の晩年における世間的名声、無形の地位、微妙な心情を理解してやるのにこれほどのやさしさをもった給与名目はないであろう。この堪忍分の合力米は、十七人扶持《ぶち》のほかに現米三百石という大きなものであった。

さらに忠利は、武蔵の自尊心のために、

――鷹狩りをしてもいい。

という特権をあたえた。この特権は家老だけがもっているものであり、鷹狩りをするせぬはべつとして、この小さな特権があたえられることによって武蔵は家老なみの礼遇をされているということで、そのするどすぎる自尊心は一応の充足を得るであろう。これが、武蔵の五十七のときである。

六十二で死んだ。

熊本での晩年には逸話が多いが、すでに紙数が尽きている。

かれは熊本郊外の金峰山《きんぼうざん》のなかにある霊巌洞《れいがんどう》という洞窟を好み、ここで著述をしたり、絵をかいたり、座禅を組んだりして晩年をおくった。かれの死は、この洞窟のなかで座禅をしているときにきた。洞窟でかれの世話をしていた家僕ふたりがかれのからだをかつぎ、城下の屋敷まで運んだが、その途中もまだ多少の息があったともいう。

初出　「週刊朝日」一九六七年六月二十三日号～十月六日号連載
単行本　一九六八年三月、朝日新聞社刊『日本剣客伝・上』所収

宮本武蔵《みやもとむさし》
朝日文庫

2011年10月30日　第1刷発行
2024年6月30日　第6刷発行

著　者　司馬遼太郎《しばりようたろう》

発行者　宇都宮健太朗
発行所　朝日新聞出版
〒104-8011　東京都中央区築地5-3-2
電話　03-5541-8832（編集）
03-5540-7793（販売）

印刷製本　大日本印刷株式会社

ISBN978-4-02-264625-5

朝日文庫

司馬　遼太郎
対談集　日本人の顔

日本人の生き方・思考のかたちを、梅棹忠夫、江崎玲於奈、山崎正和ら多彩なゲストと語り合う対話集。

司馬　遼太郎
対談集　東と西

文明の日本への直言……開高健、ライシャワー、大岡信、網野善彦らの論客との悠々たる対話。

司馬　遼太郎
対談集　日本人への遺言

日本の現状に強い危機感を抱く司馬遼太郎が、田中直毅、宮崎駿、大前研一ら六氏と縦横に語り合った貴重な対談集。

司馬　遼太郎
春灯雑記

日本の将来像、ふれあった人々との思い出……著者独特の深遠な視点が生かされた長編随筆集。

司馬　遼太郎
宮本武蔵

兵法者として頂点に立ちながら、最期まで軍学者としての出世を求め続けた宮本武蔵。その天才ゆえの自負心と屈託を国民作家が鮮かに描き出す。

堀田　善衞／司馬　遼太郎／宮崎　駿
時代の風音

二〇世紀とはどんな時代だったのか。世界的視野から日本を見つめる三氏が語る「未来への教科書」。

朝日新聞社編
司馬遼太郎の遺産「街道をゆく」

人間・司馬遼太郎の魅力とそのライフワークとなった「街道をゆく」の面白さを、二六人の筆者が語る。

週刊朝日編集部編
司馬遼太郎からの手紙 (上)(下)

司馬遼太郎が遺した手紙を通して多くの土地や人々との交歓をふり返る。著者の人間味あふれる素顔がうかがえる書簡集。

村井 重俊
街道をついてゆく
司馬遼太郎番の六年間

取材の旅に同行した記者が見た国民作家の素顔とは——。週刊朝日の名物連載『街道をゆく』の最後の担当者による回顧録。《解説・安野光雅》

朝日新聞出版編
司馬遼太郎 旅のことば

著者のライフワーク『街道をゆく』から、「日本と日本人」などテーマに沿い〝ことば〟を集めた、その思索のエッセンスを感じる箴言集。

司馬 遼太郎
街道をゆく 夜話《やわ》

司馬遼太郎のエッセイ・評論のなかから『街道をゆく』に繋がるものを集め、あらためて編集し直したアンソロジー。《解説・松本健一》

アレックス・カー
美しき日本の残像

茅葺き民家を再生し、天満宮に暮らす著者が、思い出や夢と共に、愛情と憂いをもって日本の現実の姿を描き出す。《解説・司馬遼太郎》

朝日文庫

司馬遼太郎
『街道をゆく』シリーズ
[全*43*冊]

沖縄から北海道にいたるまで各地の街道をたずね、
そして波濤を超えてモンゴル、韓国、中国をはじめ洋の東西へ
自在に展開する「司馬史観」

1 甲州街道、長州路ほか
2 韓《から》のくに紀行
3 陸奥のみち、肥薩のみちほか
4 郡上・白川街道、堺・紀州街道ほか
5 モンゴル紀行
6 沖縄・先島への道
7 甲賀と伊賀のみち、砂鉄のみちほか
8 熊野・古座街道、種子島みちほか
9 信州佐久平みち、潟のみちほか
10 羽州街道、佐渡のみち
11 肥前の諸街道
12 十津川街道
13 壱岐・対馬の道
14 南伊予・西土佐の道
15 北海道の諸道
16 叡山の諸道
17 島原・天草の諸道
18 越前の諸道
19 中国・江南のみち
20 中国・蜀と雲南のみち
21 神戸・横浜散歩、芸備の道
22 南蛮のみちI
23 南蛮のみちII
24 近江散歩、奈良散歩
25 中国・閩のみち
26 嵯峨散歩、仙台・石巻
27 因幡・伯耆のみち、檮原街道
28 耽羅紀行
29 秋田県散歩、飛騨紀行
30 愛蘭土《アイルランド》紀行I
31 愛蘭土紀行II
32 阿波紀行、紀ノ川流域
33 白河・会津のみち、赤坂散歩
34 大徳寺散歩、中津・宇佐のみち
35 オランダ紀行
36 本所深川散歩・神田界隈
37 本郷界隈
38 オホーツク街道
39 ニューヨーク散歩
40 台湾紀行
41 北のまほろば
42 三浦半島記
43 濃尾参州記

朝日新聞社編
司馬遼太郎の遺産「街道をゆく」

安野光雅
スケッチ集『街道をゆく』

朝日文庫

司馬遼太郎全講演

全5巻

この国を想い、行く末を案じ続けた国民的作家・司馬遼太郎が語った、偉大なる知の遺産。1964年から1995年までの講演に知られざるエピソードを加え、年代順に全5巻にまとめ、人名索引、事項索引を付加した講演録シリーズ。

第1巻　1964―1974
著者自身が歩んだ思索の道を辿るシリーズ第1弾。混迷する時代、今だからこそ読み継ぎたい至妙な話の数々を収録。〈解説・関川夏央〉

第2巻　1975―1984
日本におけるリアリズムの特殊性を語った「日本人と合理主義」など、確かな知識に裏打ちされた18本の精妙な話の数々。〈解説・桂米朝〉

第3巻　1985―1988(Ⅰ)
不世出の人・高田屋嘉兵衛への思いを語った「『菜の花の沖』について」などの講演に、未発表講演を追加した20本を収録。〈解説・出久根達郎〉

第4巻　1988(Ⅱ)―1991
日本仏教を読み説いた「日本仏教に欠けていた愛」や、明治の文豪への思いを語った「漱石の悲しみ」など18本を収録。〈解説・田中直毅〉

第5巻　1992―1995
「草原からのメッセージ」や「ノモンハン事件に見た日本陸軍の落日」など、17本の講演と通巻索引を収めた講演録最終巻。〈解説・山崎正和〉

「司馬遼太郎記念館」のご案内

司馬遼太郎記念館は自宅と隣接地に建てられた安藤忠雄氏設計の建物で構成されている。広さは、約2300平方メートル。2001年11月に開館した。

数々の作品が生まれた自宅の書斎、四季の変化を見せる雑木林風の自宅の庭、高さ11メートル、地下1階から地上2階までの三層吹き抜けの壁面に、資料本や自著本など2万余冊が収納されている大書架、……などから一人の作家の精神を感じ取っていただく構成になっている。展示中心の見る記念館というより、感じる記念館ということを意図した。この空間で、わずかでもいい、ゆとりの時間をもっていただき、来館者ご自身が思い思いにしばし考える時間をもっていただきたい、という願いを込めている。　（館長　上村洋行）

利用案内

所在地　大阪府東大阪市下小阪3丁目11番18号　〒577-0803
TEL　06-6726-3860、06-6726-3859（友の会）
HP　http://www.shibazaidan.or.jp
開館時間　10:00〜17:00（入館受付は16:30まで）
休館日　毎週月曜日（祝日・振替休日の場合は翌日が休館）
特別資料整理期間（9/1〜10）、年末・年始（12/28〜1/4）
※その他臨時に休館することがあります。

入館料

	一般	団体
大人	500円	400円
高・中学生	300円	240円
小学生	200円	160円

※団体は20名以上
※障害者手帳を持参の方は無料

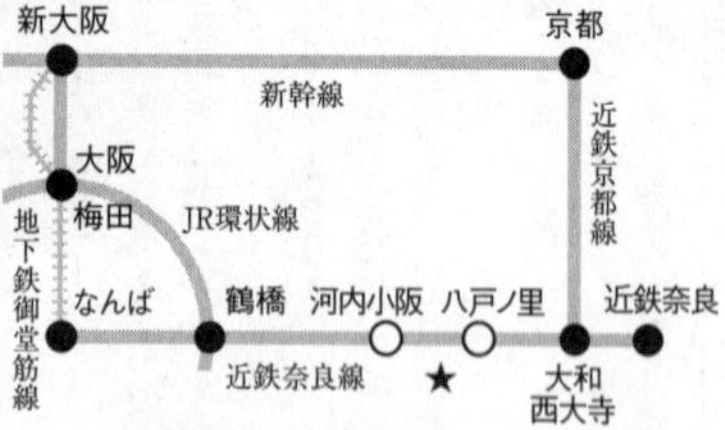

アクセス　近鉄奈良線「河内小阪駅」下車、徒歩12分。「八戸ノ里駅」下車、徒歩8分。
Ⓟ5台　大型バスは近くに無料一時駐車場あり。但し事前にご連絡ください。

記念館友の会　ご案内

友の会は司馬作品を愛し、記念館を支えてくださる会員の皆さんとのコミュニケーションの場です。会員になると、会誌「遼」（年4回発行）をお届けします。また、講演会、交流会、ツアーなど、館の行事に会員価格で参加できるなどの特典があります。

年会費　一般会員3000円　サポート会員1万円　企業サポート会員5万円
お申し込み、お問い合わせは友の会事務局まで
TEL 06-6726-3859　FAX 06-6726-3856